도리언 그레이의 초상

MINI BOOK
CLOUD
LIBRARY
34

도리언 그레이의 초상
-1-

The Picture of
Dorian Gray

오스카 와일드 지음

엄인정·이한준 옮김

생각뿔

서문

예술가는 아름다운 것을 만드는 사람이다. 예술의 목적은 예술을 드러내되, 예술가는 감추는 것이다.

평론가는 아름다운 것에 대한 자신의 인상을 다른 논리로, 혹은 자기만의 새로운 방식으로 증명해야 하는 사람이다. 그렇기에 평론은 가장 저급한 형식뿐만 아니라 최고의 형식 또한 자전적일 수밖에 없다.

아름다움에서 추한 의미를 들추어내려는 이는 분명 타락한 사람이다. 이것은 잘못이다. 한편 아름다움에서 아름다운 의미를 찾아내는 이는 기품 있는 사람이다. 이들에게는 희망이 존재한다. 그들은 선택받은 사람들이다. 이들에게 아름다움은 그저 순수하게 아름다운 것만을 의미한다.

도덕적인 책, 혹은 부도덕한 책이라는 것은 없다. 다만 잘 쓴 책, 그리고 잘 쓰지 못한 책이 있을 뿐이다.

19세기, 어떤 이들이 사실주의에 대해 느꼈던 거부감은 칼리반(셰익스피어의 「템페스트」에 나오는 노예)이 거울을 보며 자신에게 느꼈던 혐오감과 같다. 한편 동시대의 어떤 이들이 낭만주의에 대해 느꼈던 거부감은 칼리반이 거울에 비친 자신의 모습을 보지 못해 느끼는 노여움과 같다.

인간의 도덕적인 삶은 예술가가 다루는 주제 중 하나다. 하지만 예술의 도덕성은 이처럼 불완전한 수단을 어떻게 완전하게 활용하는지에 달려 있다.

어떤 예술가도 무언가를 입증하려 하지 않는다. 실제로 진실이라고 알려진 것조차 입증하려 하지 않는다. 또한 어떤 예술가도 윤리적인 연민을 지니지 않는다. 혹여나 예술가가 그런 감정을 느낀다면 이는 그저 용인될 수 없는 문체상의 버릇에서 표출된 것이리라.

병적으로 우울한 예술가는 없다. 예술가는 어떤 것이든 표현할 수 있는 사람이다.

예술가에게 사유와 언어는 예술의 도구다.

예술가에게 선과 악은 예술의 재료다.

모든 예술은 형식적으로 보면 음악가의 표현이고, 정서적으로 보면 배우의 기교다.

모든 예술은 표면적이면서도 상징적이다. 이 두 요소를 읽어 내려는 사람은 크나큰 위험을 무릅써야만 한다.

예술이 진실로 보여 주고자 하는 것은 관객의 모습일 뿐 인간의 삶 자체는 아니다.

하나의 예술 작품을 두고 다양한 의견이 나오는 것은 곧 그것이 복합적이며 다각적인 성질을 지니고 있고, 따라서 그것이 생동하는 작품이라는 증표가 된다.

예술가와 평론가의 견해가 일치하지 않는 것은 예술가가 자기 자신에게 몰입하고 있다는 것을 의미한다.

만약 어떤 사람이 자신은 좋아하지 않으면서도 사람들에게 유용한 물건을 창조했다면, 우리는 그를 용서할 수 있을 것이다. 한편 어떤 사람이 유용하지 않은 것을 만들었을 때, 그가 할 수 있는 유일한 변명은 자신이 그것을 너무나 좋아한다고 말하는 것일 테다.

모든 예술은 정말 쓸모없는 것이다.

오스카 와일드

차례

서문   5

본문   11

1

　장미의 짙은 향기가 퍼져 있는 화실, 무더운 여름의 바람이 불어오자 강렬한 라일락과 분홍빛 꽃을 띤 산사나무의 은은한 내음이 화실의 열린 창문으로 산들산들 불어왔다.

　헨리 워튼 경은 항상 그랬듯이 페르시아산 융단으로 둘러싼 소파에 누워 담배를 피우며, 향긋한 냄새를 띠는 금사슬나무의 노란 꽃송이들을 바라보고 있었다.

　강렬히 번쩍이는 아름다운 꽃들의 무게를 지탱하지 못한 나뭇가지는 아슬아슬하게 흔들리고 있었고, 명주 커튼으로 가려진 크나큰 유리창에 언뜻언뜻 새들의 모습이 비치는 것을 볼 때면 마치 낭만적인 일본화를 보는 듯했다. 그는 문득 창백한 얼굴을 지닌 도쿄의 몇몇 화가를 떠올렸다. 그들은 예술, 어쩔 수 없이 전형화되고 마는 그런 예술을 통해 나름의 매끈한 움직임을 표현하고자 하는 예술가들이다. 깎이지 않아 기다랗게 자란 잔디 사이를 유영하거나, 담쟁이덩굴의 금빛 덩굴손 사이를 맴도는 벌들, 그들이 내는 나지막한 윙윙거림을 듣노라면 사방을 감도는 정적이 더욱더 숨 막히도록 고요하게 느껴졌다. 런던의 소음은 머나먼 곳에 있는 오르간에서 울려 퍼지는 묵직한 소리처럼 어렴풋이 들려올 뿐이었다.

이 방의 한가운데에는 좀처럼 찾아보기 힘들 정도로 뛰어난 아름다움을 지닌 한 젊은이의 전신 초상화가 삼각대 위에 반듯이 놓여 있었다. 그 초상화 앞에는 이 작품을 그린 화가인 바질 홀워드가 앉아 있었다. 그는 몇 년 전, 홀연히 자취를 감추는 바람에 그에 대한 온갖 억측과 궁금증이 난무하기도 했다.

우아하고 고상한 청년의 초상화를 바라보는 그의 얼굴에는 미소가 만연했다. 그 미소는 영원히 그의 얼굴에 머무를 듯했다. 그는 불현듯 자리에서 벌떡 일어나, 눈을 감고 눈꺼풀 위에 자기의 손가락을 갖다 대었다. 아마도 어떤 진귀하고 기이한 꿈에서 영원히 달아나지 않고, 머릿속에 꼭꼭 담아 두기 위해 애쓰는 듯한 모습이었다.

헨리 경이 조금 힘이 빠진 목소리로 말했다.

"바질, 너무나 멋진 작품이지 않나. 자네가 그린 것 가운데 단연 이 작품이 으뜸이지. 내년에는 이 작품을 꼭 그로스브너 갤러리로 보내야겠어. 왕립 미술관은 너무 규모가 큰 데다가 그저 전형적인 그림만 걸려 있는 곳이지. 어쩌다 그곳에 가면 사람이 얼마나 많던지 도저히 그림을 제대로 볼 수가 없을 지경이네. 너무 끔찍하지. 또 어떨 때는 전시된 그림이 너무 많아서 제대로 사람들과 이야기를 나누지 못할 때도 있네. 그건 더 끔찍한 일이지. 그러니 그로스브너 갤러리에 전시하는 게 안성맞춤이겠지."

"헨리, 나는 이 작품을 어느 곳에도 보내지 않을 걸세."

그는 마치 고개를 던져 버리듯 젖혔는데, 이 유별난 모습은 그가 옥스퍼드 대학교에 다닐 때 친구들에게 비웃음거리가 되곤 했다.

"어디로도 보내지 않을 거야. 절대로."

깜짝 놀란 헨리 경은 토끼 눈을 뜨고 그를 바라보았다. 아편이 섞인 담배에서 나온 푸릇한 동그라미가 소용돌이를 만든 채 두 사람 사이를 지나갔다.

"뭐라고? 대체 왜 그러는가? 다른 이유라도 있는 건가? 하여튼 자네 같은 화가들의 심중은 정말이지 알다가도 모르겠네. 명망을 얻기 위해 갖은 노력을 하다가도, 정작 이를 얻고 나면 언제 그랬냐는 듯 바로 이에서 벗어나고 싶어 하니 말이야. 사람들의 입방아에 오르내리는 것보다 나쁜 것이 딱 하나 있다면, 그것은 아예 사람들이 관심조차 갖지 않는 것이겠지. 이 초상화 한 점이면, 자네는 영국의 어떤 젊은 예술가보다 뛰어나다는 것을 바로 보여 줄 수 있을 걸세. 아마 어르신들이 이 그림을 보면 자네에 대한 시샘으로 안절부절못하겠지. 물론 그 양반들이 그런 감정을 표출할 여력이 있을지는 모르겠지만 말이네."

"자네가 비웃을 수도 있지만, 나는 이 그림을 절대 전시하지 않을 걸세. 이 그림에 나 자신을 너무 많이 나타내 버렸네."

그러자 헨리 경이 소파에서 팔다리를 쭉 뻗으며 웃음을 터뜨렸다.

"그래, 역시 자네가 비웃을 줄 알았네. 하지만 내 생각은 여전히 같네."

"초상화에 자신을 그토록 많이 투영했다니! 아무리 봐도 이 초상화의 인물과 자네가 닮은 구석이라고는 하나도 보이지 않는데 말이야. 바질, 나는 이토록 자네가 자만심으로 가득 찬 인물인지 몰랐네. 자네는 너무나 우락부락한 인상인데, 이 젊은 형상은 마치 장미로 만들어진 것 같은 인물이잖나. 물론 자네는…… 자네에게는 지적인 표정이 엿보이기도 하지. 하지만 그런 표정이 보이기 시작하면 인간으로서의 아름다움은 사라지고 마네. 자고로 지성은 필연적으로 과장된 표정으로 발현되기 때문에 어느 얼굴에서든 조화로움을 무너뜨리고 말지. 인간이 어떤 생각에 골똘히 몰입하는 순간, 그의 얼굴은 온통 코가 되든지 이마가 되든지…… 하여간 엄청나게 섬뜩한 모습으로 변하고 마네. 학식과 견문을 바탕으로 지적인 직업에서 성공한 사람들을 생각해 봐! 얼마나 소름끼치는 사람들인가! 물론 교회에 다니는 사람들은 예외적이긴 해. 그 사람들은 아예 생각이라는 걸 안 하거든. 어느 주교(主敎)는 자신이 18세 때 들은 이야기를 팔순이 되도록 반복한다니까. 그래서 그런지 그 주교는 언제나 유쾌해 보이곤 해. 내 친구라는 이 사람, 자네가 이름도 말해 주지 않은 이 젊은이의 초상은 정말 최고야. 도저히 생각하는 구석이라고는 찾아볼 수 없지. 분명 이 친구는 머리를 쓰지 않는 아름다운 청년일 걸세. 우리가 만끽할 꽃이 사라진 겨울에도, 또 우리의 머리를 조금 식힐 필요가 있는 여름에도 이 젊은이는 언제나 한결같은 모습으로 있겠지. 바질, 자네는 저 사람과는 전혀 닮은 구석이 없으니 괜히 의기양양할 필요는 없네."

"해리, 내 말이 정녕 무슨 뜻인지 모르겠나? 물론 외모가 다르다는 것은 나도 잘 알고 있네. 내가 그의 외모를 닮았다고 하는 말이 아닐세. 가감 없이 말해 주지. 외양적인 면이든 지적인 면이든 어떤 면에서 뛰어난 사람에게는 이른바 숙명 같은 것이 있네. 역사 속에서 우유부단한 왕을 따라 다녔던 불행과 같은, 그런 류의 숙명 말일세.

어쩌면 주변 사람들과 비슷하다는 건 축복 같은 일이네. 이 세상에서는 어리석거나 변변찮은 사람들이 행복을 누리지. 그들은 그저 편히 앉아 세상을 관조하기만 하면 되네. 그들은 승리의 쾌재를 맛보지는 못해도, 적어도 패배의 고통을 누리지는 않겠지. 그들이 어떤 고민 없이 초연하게 살아가는 건 우리 모두가 본받아야 할 점 같기도 해. 그들은 다른 사람들을 고통 속에 몰아넣지 않고, 또 다른 사람들에 의해 고통을 당하지도 않지.

자네의 부유한 신분과 재산, 내가 가진 예술성, 그리고 도리언 그레이의 뛰어난 외모. 이처럼 신이 우리에게 부여한 두드러지는 것들로 말미암아 우리는 그만큼 험로를 걷게 되는 거야. 지독한 고생의 늪으로 빠져들고 마는 것이지."

그러자 헨리 경이 바질 앞으로 가며 물었다.

"도리언 그레이? 저 청년의 이름인가?"

"그래, 저 젊은이의 이름이네. 자네에게 말하지 않으려 했지만……."

"왜지?"

"왜일까. 뭐라 납득하게 설명하기가 어렵군. 나는 어떤 이를 좋아하면 그 이름을 누구에게도 말하지 않으려 하네. 그렇게 하면 내가 마치 그 사람의 일부분을 누군가에게 줘 버리는 듯한 기분이 들거든. 나는 비밀이라는 걸 점차 사랑하게 됐지. 그것은 우리의 삶을 신비롭고도 놀랍게 만들어 주는 유일무이한 것이기도 해. 아무리 흔해 빠진 것도 불현듯 감추어 버린다면 꽤 아름다워진단 말일세. 내가 런던을 떠난다고 하면, 나는 주변 사람들에게 내가 머물 곳을 가르쳐 주지 않네. 그것을 말해 버리면 일순간 내 여행의 즐거움이 사라지고 말거든. 누군가는 바보 같다며 비웃을지도 모르지만, 어쨌든 그것은 내 삶에 많은 낭만을 가져다주는 듯하네. 자네 또한 나를 어리석게 보는 건가?"

"그럴 리가. 자네는 내가 결혼했다는 사실을 잊은 모양이군. 결혼의 매력 가운데 하나는 우리 부부가 반드시 속여야만 하는 생활이 필요해진다는 걸세. 나는 아내가 지금 어디에 있는지 전혀 알 수 없고, 또 아내는 내가 지금 무슨 짓을 하는지 전혀 알지 못하지. 우리가 만나서 이따금 식사하거나 어떤 귀족의 집을 방문할 때면, 우리는 한껏 진지한 표정으로 허황된 이야기를 늘어놓곤 하지. 아내는 그런 일만큼은 나보다 훨씬 능숙하네. 어쩌다가 내가 날짜를 헷갈려 하더라도 절대로 요란을 피우는 법이 없지. 나는 가끔 아내가 실수하길 바라기도 하지만, 아내는 그런 나에게 코웃음만 칠뿐이네."

바질 홀워드는 정원으로 난 문을 향해 천천히 걸어가며 말했다.

"해리, 자네가 자신의 결혼 생활을 그렇게 말하다니 무척 메스껍군. 자네는 분명 실제로는 정말 좋은 남편이야. 하지만 자신의 장점을 말하는 것에 유독 부끄러워하는 듯해. 자네는 분명 비범한 친구일세. 좋은 얘기를 굳이 말하려 하지 않고, 실제로 나쁜 짓을 저지른 적도 없지. 자네의 냉소적인 면은 그저 기만에 지나지 않아."

그러자 헨리 경은 웃음을 터뜨리며 큰 소리로 말했다.

"꾸며 내지 않는 것도 내겐 기만 같은데. 어쩌면 그것은 상대방을 가장 답답하게 만드는 태도일 수도 있겠지."

두 사람은 함께 정원으로 나가 큰 월계수 아래에 놓인 길쭉한 대나무 의자에 편히 앉았다. 쨍쨍한 햇살이 반들반들한 잎사귀 위로 미끄러졌고, 풀밭에서는 하얀 데이지가 바르르 떨고 있었다.

얼마 후, 헨리 경이 시계를 꺼내 보더니 작은 소리로 말했다.

"바질, 이젠 가 봐야 할 시간이네. 근데 가기 전에 아까 자네에게 한 질문에 대한 대답은 꼭 듣고 가야겠네."

바질은 땅바닥에 시선을 둔 채 물었다.

"음, 무슨 질문이었지?"

"알면서 그래."

"글쎄, 잘 모르겠는데."

"그럼 다시 얘기해 주지. 대체 왜 도리언 그레이라는 사람의 초상을 전시하지 않으려고 하는 건지, 그 진짜 이유를 알고 싶네."

"이미 말했잖나."

"아니, 자네는 말하지 않았네. 자신의 많은 부분을 드러냈다는 대답은 좀 유치하지 않나?"

그 말에 바질은 헨리 경의 얼굴을 똑바로 바라보며 말했다.

"해리, 내 모든 감정을 실은 초상화는 결국 화가의 초상화네. 결코 화가 앞에 앉은 사람의 초상화라 볼 수 없네. 그 사람은 그저 우연히 그 초상을 얻은 것뿐이네. 화가의 손에 의해 담기는 사람은 그가 아닌 화가 자신이네. 결국 내가 그 초상을 전시하지 않으려는 이유는 그 초상에 담겨진 내 영혼의 비밀이 밝혀지지는 않을까 두려움이 들기 때문이야."

이 말을 들은 헨리 경은 또다시 웃음을 터뜨렸다.

"알겠네. 그렇다면 대체 그 비밀이라는 건 무엇인가?"

"그래, 말해 줘야겠지."

바질 홀워드는 이렇게 말하면서도 당혹스러운 표정을 감추지 못했다.

"너무나 기대되는걸."

헨리 경은 바질을 바라보며 재촉하듯이 말했다.

"아냐, 사실 별로 할 말이 있는 건 아니었네. 그런데 설령 내가 말한다고 하더라도 자네가 그것을 다 이해할 수 있을지 걱정되는 것도 사실이네. 아마 자네는 내 말을 믿지 못할 수도 있겠지."

헨리 경은 웃음을 지으며 몸을 굽히더니 풀밭에 피어난 분홍빛의 데이지를 꺾고는 요모조모 들여다보기 시작했다.

"분명, 이해할 수 있을 걸세."

그는 하얀 깃털 같은 꽃의 둥근 표면을 유심히 보며 덧붙였다.

"그리고 내가 어떤 것을 '믿어야' 하는 문제라면…… 설령 아무리 믿기 어려운 것이라 할지라도 나는 믿으려 하면 믿을 수 있는 사람이네."

바람은 다시 산들거리며 나무에 매달린 꽃들을 흔들었다. 무리를 이룬 라일락이 무게를 못 이긴 채 떨어지며 바람에 이리저리 휘날렸다. 울타리 주변에서는 여치 한 마리가 날개를 비벼 댔고, 실낱처럼 가늘고 긴 잠자리 한 마리는 갈색빛이 나는 날개를 편 채 주위를 날고 있었다. 헨리 경은 바질 홀워드의 심장이 뛰는 소리가 들리는 듯한 착각에 빠졌다. 그의 입에서 무슨 이야기가 나올 것인가.

"잘 들어 줘. 단순한 이야기니까."

잠시 뜸을 들이던 바질은 드디어 이야기를 들려주었다.

"두 달 전, 나는 브랜든 부인 집에서 열린 어느 환영회에 갔었네. 자네도 잘 알다시피 우리처럼 곤궁한 예술가들은 이따금 사교 모임에 얼굴을 내밀어야만 하지. 우리가 그렇게 낮은 존재가 아니라는 걸 사람들에게 알려 줘야 하거든. 자네가 언젠가 말했던 것처럼, 이브닝코트에 하얀 넥타이 정도만 갖춘다면 제아무리 낮은 사람이라도 교양인처럼 보이기 마련이지. 그 시답지 않은 사람들 틈에서 화려하게 갖춰 입은 여인들과 10분 정도 이야기를 나누고 있었네. 그런데 갑자기 누군가가 나를 보는 시선이 느껴졌지. 누구인지 궁금해서 몸을 돌렸을 때, 처음으로 도리언 그레이를 마주했네. 그와 눈이 마주치자, 내 얼굴에서 핏기가 가시는 기분이 들더군. 그는 존재 자체만으로도 매력적인 사람이었네. 야릇한 공포감이 나를 덮쳐 왔지. 가만히 있다가는 내 본질과 영혼마저 그에게 잡혀 먹힐 듯한 느낌이었지.

해리, 잘 알고 있겠지만 나는 본래부터 주체적인 사람이네. 늘 나만이 나의 주인이라고 생각하며 살아왔지. 그를 만나기 전까지는 말일세. 그런데 바로 그 순간…… 어떻게 설명해야 할지 모를 끔찍한 위기의 순간이 다가오는 것만 같은 느낌이 들더군.

나는 운명의 여신이 내게 환희와 그것만큼 엄청난 슬픔을 가져다줄 것이란 기분이 들었네. 점점 두려운 마음뿐이었지. 그래서 그곳을 빠져나와야겠다고 생각했네. 그 순간 내가 도망치려던 행동은 양심의 문제가 아니라, 어쩌면 비겁함 같은 이유였지."

"바질, 사실 양심이나 비겁함은 비슷한 측면이 있어. 양심이나 비겁함이나 결국 우리가 어떻게 갖다 붙이느냐에 따라 달라지는 것뿐일세. 그뿐이지."

"해리, 나는 그렇게 생각하지 않네. 물론 자네도 내 생각에 동의할 것이라 믿어. 어쩌면 내가 지키려던 자존감 같은 요소에서 비롯된 것일 수도 있겠지만……. 어쨌든 그 동기가 무엇이든 간에 분명한 사실은 내가 그곳을 빠져나오려 했다는 것이네. 하지만 그 자리에서 브랜든 부인과 마주치고 말았지.

'홀워드 씨, 벌써 도망가려고 하시는 건 아니겠지요?'

그녀가 기차 화통을 삶아 먹은 듯한 목소리로 말하더군. 그 부인 특유의 목소리는 자네도 알고 있지? 당장이라도 터져 버릴 듯한 목소리 말이야."

"그럼, 물론이지. 그녀는 아름답지도 않으면서 온갖 멋은 다 가지려고 든단 말이야."

헨리 경은 가늘고 긴 손가락으로 데이지 꽃잎을 하나하나 떼어 냈다.

"그래서 차마 부인의 말을 거역할 수 없었지. 부인은 나를 끌고 왕족들, 기사 휘장을 단 사람들, 그리고 보석이 박힌 크나큰 관을 쓰고 매부리코를 한 늙은 부인들에게 데려가더군. 그러더니 글쎄 나를 자신이 가장 아끼는 친구라고 소개했어. 나는 그녀를 딱 한 번밖에 본 적이 없었는데 말일세. 아마 나를 배려해서 한 말이겠지. 그때는 내가 그렸던 그림 몇 점이 나름 성공을 거두어 몇몇 마이너 신문에서 거론되기도 했어. 물론 그것은 19세기의 세속적 기준에 따른 것이지만. 그러다가 다시 그 매력적인 친구, 나를 이상하리만치 들끓게 하던 그와 마주하게 되었지. 우리는 당장이라도 몸이 닿을 정도로 가까운 곳에서 다시 눈을 마주쳤네. 이번에는 내가 브랜든 부인에게 그 젊은이를 소개시켜 달라고 했네. 조금 전 행동에 비추어 볼 때, 그것은 모순적인 행동이기는 했지만 사실 어떻게 보면 모순적이지 않는지도 모르지. 그저 운명적인 일이었던 걸세. 우리는 브랜든 부인의 소개가 없었더라도 서로에게 말을 건넸을 걸세. 도리언도 나중에 말하기를, 우리가 운 명적으로 만나게 되리라는 걸 느꼈다고 했지."

"브랜든 부인은 도리언에 대해 뭐라고 설명해 주던가?"

"내가 볼 때, 그녀는 자신의 손님들을 간략하게 설명하려 는 특징이 있네. 언젠가 그녀는 온몸을 훈장과 장식으로 치장 한, 호전적인 노신사에게 나를 데려갔지. 그때 그녀는 내 귀 에 대고 비통한 목소리로 속삭였는데, 그 소리가 얼마나 컸는 지 모든 사람이 그 소리를 들을 수 있을 정도였어. 심지어 아 주 놀랄 수밖에 없는 민감한 내용을 세세히 얘기했다네. 사실 나는 사람들에 대해 직접 알아내는 걸 좋아하거든. 하지만 브 랜든 부인은 마치 경매인이 경매 물건을 내놓는 것처럼 자신 의 손님들을 대하네. 그녀는 손님들에 대해 하나도 빠짐없이 정보를 늘어놓지만, 정작 내가 알고 싶어 하는 내용은 모조리 빼고 나머지 얘기들만 들려주지."

그러자 바질은 냉소적으로 말했다.

"아, 가엾은 부인! 해리, 그녀에 대해 너무 모질게 얘기하 는 거 아닌가."

"이봐, 그 부인은 살롱(상류층 집안에서 열리는 사교적인 성격 이 짙은 모임)을 열고자 했지만, 겨우 식당을 차렸을 뿐이라고. 그러니 내가 어떻게 그 부인에 대해 긍정적으로 설명할 수 있 겠나."

"알겠네. 그건 그렇고 대체 부인이 도리언 그레이에 대해 어떻게 얘기한 건가?"

"음, 대략 이런 식이었지.

'매력적인 청년이지요……. 음, 가엾은 그의 엄마와 나는 절대로 떼려야 뗄 수 없는 사이랍니다. 그런데 그녀가 무슨 일을 하더라? 아, 기억이 나질 않네요. 아무것도 안 하시던 가? 아, 아닌데, 피아노를 치셨었지…… 아, 바이올린이었나? 그렇지요, 그레이 씨?'

그 말에 우리는 실소를 터뜨릴 수밖에 없었고, 우리는 그렇게 친구가 되었네."

헨리 경은 다시 데이지 꽃잎을 꺾으며 말했다.

"웃으며 우정이 시작되는 건 나쁘지 않지. 하지만 우정을 끝낼 때도 그렇게 웃으면서 헤어질 수 있다면 좋으련만."

그러자 바질은 고개를 저으며 낮은 소리로 말했다.

"해리, 자네는 우정이란 걸 모르는군. 그러니 증오도 알지 못하겠지. 자네는 모든 사람을 좋아한다고 말하지만, 곧 그것은 모든 사람에게 관심을 갖지 않는다는 뜻이기도 하네."

"어떻게 그런 식으로 말을……."

헨리 경은 소리쳐 말하고는 모자를 젖혀 하늘에 떠 있는 구름을 바라보았다. 투명한 하늘 위에서 여러 겹으로 뒤엉킨 구름은 하얀 명주실처럼 보였다. 그는 말을 이었다.

"내가 얼마나 사람들을 가려 만나는지 모르나? 나는 외모가 잘생긴 사람은 벗으로 대하고, 성격이 좋기만 한 사람은 그저 지인으로만 여기고, 머리가 좋은 사람은 적으로 본다네. 물론 어떤 이를 적으로 규정지을 때는 다분히 조심해야 하지. 한편 나는 바보 같은 사람들은 잘 모르네. 내가 아는 이들은 모두 어느 정도의 지성을 갖춘 사람들이지. 물론 그들도 나를 어느 정도 인정하는 편이고. 내가 너무 나를 높여 말하나? 조금 그런 것 같기도 하네."

"내 생각도 그러네. 자네 기준으로 보면 나는 자네에게 그저 지인에 불과하겠군."

"무슨 소린가! 자네는 내게 그저 아는 사람 정도가 아니네. 그 이상의 존재지."

"그래도 친구로 보기에는 내가 좀 모자란 편이니……. 형제 정도는 되려나?"

"형제? 나는 내 형제들을 별로 좋아하지 않네. 형은 절대로 죽지 않을 것만 같고, 또 동생들은 죽는 것 말고는 유별난 일을 하지 않을 것만 같거든."

"해리!"

바질이 정색하며 그에게 소리를 쳤다.

"참, 그저 가볍게 한 얘기네. 하지만 나는 형제들을 싫어할 수밖에 없어. 그건 아마도 다른 사람이 나와 같은 허물을 지니고 있다는 것을 참을 수 없기 때문이겠지. 나는 상류층이 저지르는 부도덕함에 대해 영국의 서민들이 느끼는 분노에 심히 공감하고 있네. 서민들은 술주정이나 아둔한 행동이 자기들만의 특권이라고 여기는 모양이야. 그러니 우리 같은 상류층 중 누구라도 그런 짓을 저지르면 마치 자신들의 영역을 빼앗긴 것처럼 여기곤 하지. 서더크에 살던 어떤 이가 이혼하게 됐을 때 그들의 분노가 대단했다는 건 자네도 알겠지. 하지만 그런 프롤레타리아 중에서 바르게 산다고 얘기할 수 있는 사람은 고작 10%도 되지 않을 걸세."

"해리, 나는 자네의 말에 조금도 동의하지 않네. 게다가 자네는 지금 자네가 한 말을 스스로도 믿지 않는 듯한 느낌도 드는군."

헨리 경은 뾰족하게 다듬은 갈색빛의 수염을 쓰다듬고는 지팡이로 목이 긴 가죽 구두의 앞코를 톡톡 쳤다.

"바질, 자넨 진정한 영국 사람이군. 벌써 두 번이나 이런 식으로 말하다니. 진정한 영국인에게 누군가가 어떤 의견을 말한다면—사실 그런 짓은 이따금 분별없는 행동이기는 하지만—이들은 그 의견이 타당한지를 따지기 전에 의견을 낸 사람이 그 생각을 스스로 믿고 있는지에 대한 여부를 중요하게 여기지. 이렇게 되니 생각의 가치는 그것을 말하는 사람의 성실함과는 상관없는 요소가 되고 말았지.

하지만 사실 말하는 사람이 진실하지 않을수록 오히려 그 의견은 타당할 가능성이 더 큰 법이라네. 그렇다면 우리가 그의 바람이나 욕망, 혹은 그가 가진 편견에 물들지 않을 테니 말이네. 하지만 지금 나는 정치학이나 사회학, 혹은 형이상학에 대해 이야기하고 싶지는 않아. 나는 원칙보다는 사람을 더 좋아하거든. 그리고 누구보다도 원칙을 지니지 않는 사람을 좋아하네.

아차, 그건 그렇고, 도리언 그레이에 대해 더 말해 주지 않겠나? 그와 얼마나 자주 만나지?"

"매일 보지. 하루라도 보지 않으면 기분이 안 좋아져. 그는 이제 내게 없어서는 안 될 존재가 되었네."

"이럴 수가! 나는 자네가 예술 말고는 다른 어떤 것에도 신경 쓰지 않는다고 생각했었네."

그러자 바질은 진지하게 말했다.

"지금 나에게는 도리언이 예술 그 자체네."

그러고는 이런 말을 덧붙였다.

"해리, 내가 가끔 생각하는 게 하나 있는데, 세계사를 통틀어 중요한 시기는 딱 두 차례이지 않을까. 하나는 예술을 위해 새로운 재료가 등장한 시기, 그리고 다른 하나는 예술을 위해 새로운 개성이 표출됐던 시기지. 베네치아 사람들에게 유화의 발명이 갖는 의미, 그리고 안티노오스(그리스 신화에 나오는 인물. 오디세우스가 쏜 복수의 화살에 맞아 첫 희생자가 됨)의 얼굴을 발견한 것이 그리스 조각가들에게 갖는 의미처럼 내게는 도리언 그레이를 발견한 것이 그런 의미로 다가올 걸세. 나는 단순히 그를 스케치하고 색을 입히는 것으로 끝내지 않을 걸세. 그는 어떤 모델이나 대상보다도 소중한 존재지.

물론 내가 이렇게 말한다고, 그의 모습에 만족을 느끼지 못한다거나 그의 아름다운 모습을 표현하지 못한다고 여기는 건 아닐세. 예술이 표현할 수 없는 것은 없다네. 또한 그를 만난 이후로 내 작품들이 뛰어난 성과를 거두었다는 것은 나도 익히 알지. 하지만 그것보다 더 중요한 것은—이 말을 자네가 이해할 수 있을지 모르겠지만—그가 가진 개성이 내게 완전히 새로운 스타일의 양식, 그리고 새로운 예술 기법을 떠오르게 했다는 것이네.

나는 이제 사물을 다른 시각에서 보고, 다르게 생각하기 시작했네. 예전에는 전혀 보지 못했던 새로운 방식으로 삶을 바라볼 수 있게 된 것이지.

'사색의 만연 속에 어리는 형상에 대한 꿈'이라는 말을 누가 했었지? 어쨌든 지금 도리언 그레이가 내게 바로 그런 존재네.

그에게 보이는 소년의 아름다움, 물론 그는 스무 살이지만 여전히 내겐 소년으로 보이지. 그가 내 눈에 있다는 것이 어떤 의미를 갖는지 자네가 알 수 있겠나! 그 친구는 자기도 모르는 사이에 내게 새로운 미술 양식에 대한 밑그림을 잡아 주었어. 낭만주의가 보여 주고자 했던 모든 열정, 그리스가 보여 주고자 하는 모든 정신을 갖춘 양식. 마침내 영혼과 육체가 하나로 이루어지는 그것은 얼마나 값진 것일까! 미천한 인간들은 그동안 이 두 가지를 갈라놓고는 그저 하찮은 사실주의와 공허한 관념들을 만들었던 것일세.

해리, 도리언 그레이가 내게 어떤 의미인지 이제 알겠나. 애그뉴가 상당한 값을 지불한 내 풍경화를 기억하나? 그 작품은 내 걸작 중에 하나로 평가받지. 하지만 그게 왜 걸작인지 아나? 그것은 그 풍경화를 그리는 동안 도리언 그레이가 내 옆에 있어 주었기 때문이네. 뭔가 오묘한 기운 속에서 나는 내가 늘 추구하면서도 그동안 절대 갖지 못했던 경이로움을 맛본 것이지."

"바질, 정말 놀라운 이야기네. 그 친구를 한번 만나 보고 싶을 정도네."

바질은 자리에서 일어나 정원을 거닌 후 다시 제자리로 돌아와 그에게 말했다.

"해리, 하지만 그는 단지 내게 이토록 원대한 예술의 동기가 되어 줄 뿐이네. 자네는 그를 만난다고 해서 어떤 것을 얻지는 못할 걸세. 하지만 나는 그에게서 온갖 요소를 다 발견하지. 그의 모습이 작품에 드러나지 않을수록 역설적으로 그의 모습을 잘 드러내는 것이지. 조금 전에 말했듯이 그는 내게 새로운 양식을 암시해 주는 존재네. 이제 나는 특정한 곡선과 색이 가진 사랑스러움과 미묘함 하나하나에서 그를 발견하네."

"그렇다면 대체 왜 그의 초상화를 전시하려 하지 않는 건가?"

"처음부터 그럴 의도는 없었지만, 결국 내가 이런 기묘한 예술적인 모습을 그 초상화에 꽤 표현하고 말았기 때문이지. 물론 이 사실은 그에게 절대 말하고 싶지 않네. 그는 이 사실에 대해 전혀 모르고, 앞으로도 몰라야만 하지. 하지만 어떤 사람들은 내 예술을 간파할 수 있을지도 모르네. 그래서 나는 그의 천박한 호기심의 대상이 되고 싶지 않은 것이지. 나는 절대 내 영혼을 그들의 현미경 아래에 내려놓지 않을 걸세. 해리, 결국 그 초상화에는 내가 너무나 많이 드러나 있단 말이네!"

"아마 웬만한 시인도 자네만큼 섬세하지는 않을 것 같네. 그들은 그저 열정이란 게 시집을 출판하기에 좋은 재료라는 걸 알 뿐이지. 그들은 실연한 것만으로도 자신들의 비탄한 감정에 젖어 시집을 몇 권은 찍어 낼 수 있을 거야."

"그래, 나는 바로 그런 게 싫어."

바질은 소리치며 말하고는 이렇게 덧붙였다.

"예술가는 '아름다운 것'을 만드는 사람이어야 할 뿐, 자신의 삶을 작품에 넣어서는 안 돼. 우리는 예술을 자서전처럼 여기는 시대에 살고 있네. 그래서 아름다움에 대한 본래의 추상적 의미를 잃어버리고 말았네. 하지만 언젠가는 내가 그것이 무엇인지 이 세상에 보여 줄 거야. 바로 그런 이유 때문에 그의 초상을 전시할 수 없다는 것일세."

"하지만 바질, 자네 생각은 틀린 것 같네. 하지만 자네와 굳이 말싸움을 하고 싶지는 않아. 말싸움을 한다는 것은 지적인 면에서 절대 옳지 못한 일이니까. 자, 그러니 솔직히 말해 봐. 도리언 그레이가 자네를 좋아하긴 하나?"

그러자 바질은 잠시 생각에 젖어 들었다가 말을 이었다.

"좋아하네. 분명 나를 좋아하지. 물론 내가 그 친구의 마음을 얻기 위해 별짓을 다 하긴 했지만 말이야. 후회할 말을 내뱉으면서도 나는 그에게 묘한 쾌감을 느끼곤 하네. 우리는 화실에 앉아 이러저러한 이야기를 나누곤 하지. 나는 그에게 매료되기 일쑤지만, 그는 내게 너무 무심하네. 때때로 그가 내게 고통을 주는 것을 기쁨으로 여기는 것은 아닐까 하는 생각이 들 정도지. 해리, 나는 그럴 때면 내 영혼을, 마치 코트에 다는 장미꽃 한 송이처럼 자신의 허영심을 만족시키기 위한 장신구나 어떤 여름날 들고 다니는 장식처럼 여기는 사람에게 송두리째 바치는 듯한 기분이 드네."

"바질, 어째 그 여름날이 점점 길어지는 듯하네."

헨리 경은 중얼거리며 이렇게 덧붙였다.

"어쩌면 자네가 그 젊은이보다 먼저 지칠지도 모르지. 슬 프지만 아름다움보다는 천재성이 오래 가는 법이니. 우리가 그토록 열심히 공부에 매진하는 이유가 무엇이겠나? 결국 생 존하기 위해서 오래 버틸 수 있는 무언가가 필요하기 때문이 겠지. 자신의 자리를 지키려는 희망을 갖기 위해 우리는 머릿 속에 온갖 사실과 생각들을 집어넣는 것이네. 그렇기에 완벽 히 박학다식한 사람은 현대의 이상 같은 것이 됐지.

하지만 그런 사람의 머릿속은 너무나 피로울 걸세. 온갖 괴이한 물건과 먼지로 가득 쌓인 골동품 가게 같겠지. 하지만 그 안에 있는 골동품은 원래 가격보다 훨씬 높은 가격에 거래 될 수도 있겠지.

어쨌든 자네가 먼저 지칠 수도 있지 않겠나? 언젠가는 더 이상 그 친구의 얼굴을 그리고 싶지 않을지도 모르고, 그의 낯빛마저 보기 싫을지도 모르지. 그렇게 되면 자네는 자신도 모르게 마음속으로라도 그를 비난할 테고, 그가 얄궂게 대했 던 여러 일이 떠오를 수도 있지. 그때부터는 그에게 꽤 냉정 하고 무관심해질지 몰라. 결국 이런 일들로 자네는 또 한 번 변하게 되겠지.

지금까지 자네가 들려준 이야기는 물론 꽤 낭만적이네. 어 떤 이들은 이런 걸 두고 예술적인 낭만이라고 부를 수도 있겠 군. 하지만 낭만은 결국 사람을 낭만적이지 않게 만든다는 가 장 큰 단점을 지니고 있지."

"해리, 그렇게 얘기하지 말아 주게. 내가 살아 있는 한은 그 의 개성이 나를 지배하게 될 걸세. 자네는 내 감정을 오롯이 이해하지 못할 거야. 자네 감정은 너무나 쉽게 바뀌지 않나."

"바질, 나는 바로 그 점 때문에 오롯이 이해할 수 있는 것일세. 사랑에 빠진 사람은 사랑의 단면밖에 보지 못하지. 하지만 사랑에 충실하지 않은 사람이야말로 사랑의 비극을 이해할 수 있는 것이란 말일세."

헨리 경은 은색 케이스에 성냥을 그어 불을 붙이고는 담배를 피우기 시작했다. 그는 단 몇 마디로 세상의 이치를 요약해 버린 사람처럼 꽤나 멋쩍어하면서도 흡족해하는 눈치였다. 윤이 나는 초록빛의 담쟁이덩굴 사이로 참새들이 돌아다니며 짹짹거리는 소리가 들려왔다. 구름은 날쌘 제비들처럼 풀밭 위에서 푸르른 그림자의 모습을 하며 날아다니고 있었다.

정원에 있는 것은 얼마나 기쁜 일인가! 다른 사람들의 감정을 알아보는 것은 또한 얼마나 재미있는 일인가! 헨리 경은 적어도 다른 사람들의 사상보다는 감정을 파악하는 것이 훨씬 즐거운 듯했다. 자신의 영혼, 그리고 친구의 열정. 인생에서 우리의 마음을 사로잡는 것은 이런 것이지 않겠는가. 그는 혼자 조용히 미소를 지으며, 바질과 오랜 시간을 보낸 덕에 놓치고 만 따뜻한 점심 식사 시간을 머릿속으로 상상해 보았다. 만약 숙모 집에 갔더라면 분명 그는 굿보디 경과 만나 빈곤한 사람들을 먹여 살리는 문제나 모범적인 가정의 필요성 등에 대해 이야기를 나누었을 것이다. 각 계급에 속하는 사람들은 때때로 그들의 삶에서 굳이 필요하지 않은 것의 필요성에 대해 저마다 설교를 늘어놓는다. 부자들은 근검절약의 필요성을 이야기하고, 게으른 자들은 노동이라는 가치의 고귀함에 대해 토론을 벌일 것이다. 그런 자리를 피했다는 것은 정말로 다행이었다. 그는 이런 생각을 하던 중, 문득 한 가지 생각이 번뜩 떠올라 바질에게 말했다.

"이봐, 내가 방금 기억이 하나 났는데."

"뭔데?"

"도리언 그레이라는 이름을 어디서 들었는지 생각이 났네."

바질은 얼굴을 찡그린 채 물었다.

"어디서 들었기에 그래?"

"그런 표정은 짓지 마. 애거서 숙모님 댁에서 들었네. 숙모님이 런던 동부의 어떤 빈민가에서 자신을 도울 젊은이를 찾았다고 했는데, 아마 그 사람의 이름이 도리언 그레이라고 했을 걸세. 하지만 내가 똑똑히 기억하는데, 숙모님은 그 친구의 외모에 대해 칭찬하지는 않았네. 자고로 여성들은 잘생긴 외모를 그다지 좋게 바라보지는 않지. 특히 훌륭한 여성일수록 그러하지. 숙모님 말씀에 따르면, 그 친구는 성실하면서도 착한 본성을 지녔다고 했네. 그때 나는 순간적으로 주근깨가 잔뜩 난 채 우스꽝스럽게 걷는 안경잡이의 모습을 떠올렸지. 아, 그때 그 사람이 자네의 둘도 없는 친구라는 걸 알았더라면."

"차라리 몰랐다니 다행이네."

"무슨 말인가?"

"나는 자네가 그 친구를 보지 않았으면 좋겠네."

"그 친구를 보지 말라는 건가?"

"그렇지."

이때 집사가 정원으로 들어서며 말했다.

"도리언 그레이 씨가 화실에 와 계십니다."

"후후, 이제는 소개시켜 주지 않을 도리가 없게 되었군."

바질은 따가운 햇살 아래 멀뚱히 서 있는 집사에게 말했다.

"파커, 그레이 씨에게 잠시만 기다려 달라고 전해 주게. 곧 가겠다고 해 주고."

집사는 고개를 숙여 인사하고는 다시 총총히 걸어 들어갔다.

바질은 다시 헨리 경을 바라보며 말했다.

"도리언 그레이는 내게 가장 소중한 친구일세. 그는 본성이 아름답고 순수한 사람이지. 자네 숙모님이 하신 말씀이 정확하니, 그에 대해 이상하게 생각하지 말게. 또 그에게 어떠한 말도 건네지 말아 주게. 자네가 말로 그 사람에게 어떤 안 좋은 영향을 끼칠지 상상할 수조차 없네. 세상은 넓고 자네를 놀라게 할 만한 사람들은 수없이 많겠지. 그러니 내 예술에 온기를 불어넣어 줄 유일한 존재인 그를 내게서 앗아 가지 말아 주게. 내 예술가로서의 인생은 이제 오로지 그에게 달려 있네. 해리, 부탁하네. 나는 자네를 믿어."

그는 억지로 말을 꺼내는 것처럼 말을 늘어놓았다.

"이상한 소리 하지 말고."

헨리 경은 그의 말에 웃으며 답하고는 바질의 팔을 잡아끌고 마치 자기가 주인이라도 되는 것처럼 집 안으로 들어갔다.

2

집으로 들어서자 곧 도리언 그레이의 모습이 보였다. 그는 등을 돌린 채 피아노에 앉아 슈만의 〈숲의 정경〉 악보를 뒤적 거리고 있었다. 그가 말했다.

"바질, 이 악보 좀 빌려줄래요? 이 곡을 배우고 싶네요. 아 주 아름다운 곡이거든요."

"도리언, 그건 오늘 자네가 어떻게 해 주느냐에 달려 있을 거야."

"아, 이젠 앉아 있는 건 정말 따분해요. 게다가 저는 전신 초상화를 원하지도 않았는데……."

그는 이렇게 말하고는 의자에서 몸을 빙 돌려 앉았다. 아 마 기분이 상했다는 표시를 내려는 듯했다. 그러다가 손님의 존재를 알아챈 그는 순간 뺨이 달아오르더니 급히 자리에서 일어났다.

"아, 미안해요. 다른 분이 계신 줄은 꿈에도 몰랐네요."

"도리언, 이쪽은 헨리 워튼 경이라고 하네. 옥스퍼드 대학의 동창이자 내 오랜 벗이지. 자네가 얼마나 훌륭한 모델인지 한참 이야기하고 오던 참인데, 그 말을 자네가 다 망쳐 놓았군."

"그레이 군, 만나서 반갑네."

헨리 경은 그레이에게 다가가 손을 내밀며 말하고는 이렇게 덧붙였다.

"애거서 숙모님으로부터 자네에 대한 이야기를 들은 적이 있지. 자네를 무척 좋아하시는 듯했어. 아마 이제 우리 숙모님께 꽤나 시달리겠군."

그러자 도리언이 살짝 반성하는 기색을 보이며 말했다.

"아마 지금은 저를 싫어하실 거예요. 제가 지난 화요일에 화이트채플에 있는 모임에 가기로 한 것을 잊어버리고 말았거든요. 함께 피아노 2중주 세 곡을 연주하기로 약속까지 했는데 말이지요. 아, 부인이 제게 뭐라 하실지 너무 겁이 나서 연락조차 하지 못하고 있습니다."

"그런 일이라면 내가 해결해 줄 수도 있을 거네. 숙모님이 자네를 무척 좋아하시니 그런 점은 큰 문제가 되지는 않을 거야. 자네가 없었더라도 청중은 숙모님의 연주를 2중주라고 생각했을 수도 있어. 애거서 숙모님은 피아노 앞에서 두 사람의 소음 정도는 너끈히 내시는 분이니까."

도리언은 미소를 지으며 대답했다.

"부인께 너무 심한 말씀을 하시는 건 아닌지요. 물론 저에 대해서도 그런 것 같고요."

헨리 경은 도리언을 찬찬히 살펴보았다. 아름다운 곡선을 이루는 붉은 입술, 맑고 푸르른 눈동자, 곱슬한 머릿결이 아름다운 금발의 머리카락. 그는 너무나 훌륭한 외모의 청년이었다. 그의 얼굴은 보자마자 그를 신뢰하게 만드는 무언가가 있었다. 청년 특유의 열정, 순수함, 그리고 솔직함마저 느껴졌기 때문이다. 그를 보는 누구라도, 그가 세상에 찌들지 않고 자신을 온전히 지켜 왔다는 것쯤은 알 수 있었을 것이다. 이제야 바질이 그에게 매달리는 이유를 알 것 같았다.

"그레이 군, 자네는 그저 자선 단체에 있기에는 너무나 매력적이군……. 아니, 좀 지나치도록 매력적이야."

헨리 경은 그렇게 말하고는 소파에 앉았더니, 담배 케이스를 열었다.

바질은 바쁘게 화실을 돌아다니며 그림을 그릴 준비를 했다. 그의 얼굴에는 속앓이를 하는 기색이 분명했다. 그는 헨리 경의 조금 전 말을 듣고는, 그를 잠시 바라보다가 머뭇거리며 말을 꺼냈다.

"해리, 나는 오늘 이 그림을 완성하고 싶은데 말이야. 이제 그만 돌아가 달라고 말한다면 실례가 되려나?"

그러자 헨리 경은 웃음을 지으며 도레이를 바라보고는 그에게 물었다.

"그레이 군, 자네도 내가 갔으면 하나?"

"아닙니다. 제발 가지 말아 주세요. 지금 바질이 무척 심통이 나 있는 듯해요. 저런 상태면 제가 어떻게 해야 될지 잘 모르겠어요. 게다가 제가 왜 자선 단체에 있으면 안 되는 것인지 그 이유도 알고 싶고요."

"음……. 내가 그 이유를 말해 줘도 될지 잘 모르겠군. 그레이 군, 그 얘기는 너무나 진지해질 것 같아서 자네가 금방이라도 지루해질 수 있네. 아무튼 자네가 가지 말라고 했으니 조금만 더 머무르다 가겠네. 바질, 괜찮겠지? 자네는 가끔 모델 곁에서 이야기를 나눠 줄 누군가가 필요하다고 말하곤 했잖나."

바질은 입술을 앙다물며 말했다.

"그래, 도리언이 원한다면 당연히 있어 줘야지. 도리언의 말이라면 누구라도 따라야 할 테니."

하지만 헨리 경은 모자와 장갑을 챙기기 시작했다.

"바질, 너무 일을 재촉하지 말게나. 나는 선약이 있어서 이제 가 봐야겠네. 올리언스 쪽에서 다른 사람을 만나기로 해서 말이지. 그레이 군, 이따 여유가 있으면 오후쯤 커즌 가로 찾아오겠소? 나는 5시쯤부터는 거의 집에 있으니까. 만약 오게 된다면 꼭 연락 주게나. 왠지 못 보면 섭섭할 것만 같군."

그러자 그레이가 소리치며 말했다.

"바질, 헨리 워튼 경이 가신다면 저도 떠나야겠어요. 당신은 그림 그리는 동안에는 입도 뻥긋하지 않잖아요. 그러는 동안 제가 당신 앞에서 항상 미소를 짓는 게 얼마나 끔찍한 일인지 정녕 모르는 건가요? 헨리 경에게 더 머물러 달라고 부탁해 주세요, 제발."

그러자 바질은 그림을 뚫어지게 쳐다보며 말했다.

"해리, 도리언의 소원을 들어주는 게 어떻겠나. 내 입장도 좀 이해해 주고. 사실 난 작업하는 동안엔 거의 말하지 않지. 그리고 누가 어떤 말을 해도 잘 듣지 않으려 해. 그러니 저 가엾은 나의 모델은 아마 지겨워 죽을 지경일 거야. 한번만 부탁하네."

"그럼 내가 올리언스에서 만나기로 한 사람은 어떡하나?"

그러자 바질은 웃음을 터뜨리며 말했다.

"그거야 자네가 잘 알아서 처리해 주고. 그렇게 어려운 일은 아닐 것 같은데. 자, 이제 앉아 줘. 그리고 도리언은 저 단상 위에 올라가 봐. 너무 많이 움직여서는 안 돼. 헨리 경이 어떤 말을 하더라도 꼼짝없이 있어야 하네. 그리고 알아 둘 게 있는데, 저 친구는 주변 사람들한테 아주 안 좋은 영향을 미치는 친구네. 물론 오랜 벗인 나는 넘어가지 않지만 말이야."

도리언은 단상 위에 올라가 그리스의 젊은 순교자 같은 비장한 자세를 취했다. 그는 헨리 경을 향해 무언가가 불만이라는 듯한 표정을 지었다. 사실 도리언은 헨리 경을 처음 보는 순간부터 그를 마음에 들어 했다. 바질과는 정반대의 성격이라고 여긴 것이다. 두 사람은 너무나 대조적인 모습이었기에, 이를 보는 누구라도 꽤나 관심을 가질 법했다.

얼마 후, 그레이는 다시 헨리 경에게 말을 걸었다.

"헨리 경, 당신은 정말 주변인들에게 악영향을 미치는 분입니까? 바질 말처럼 말이지요."

"그레이 군, 선한 영향이라는 건 없네. 모든 영향은 도덕적이지 못하지. 과학적인 관점에서 본다면 더욱 그러하고."

"네? 대체 그렇게 생각하시는 이유가 무엇인가요?"

"어떤 이에게 영향을 미친다는 것은 곧 그 사람에게 자신의 영혼을 준다는 것을 의미하지. 그렇게 되면 그 사람은 결국 자신의 생각으로 사고하지 않게 되고, 자신의 정열로 불타오르는 것이 아닌 게 되네. 그의 도덕적인 면도 온전히 그의 것으로 인식되지 않을 것이고, 죄악도—정말 죄악이라는 게 존재한다면—자신의 것이 아니라 남에게 빌려 온 것이 되겠지. 결국 그는 다른 사람이 부르짖는 노래의 메아리가 될 뿐이고, 자신이 아닌 다른 사람의 역할을 연기하는 배우가 될 뿐이야.

인생의 목적은 자기 계발이겠지. 자신의 본성을 판단한 후, 이를 완벽하게 발현하는 것. 그것만이 우리가 이 세상에 존재하는 이유일 거야. 하지만 요즘 사람들은 자기 자체를 두려워하지. 이 땅에 온 우리의 의무 중 최우선으로 따라야 할 자기 자신에 대한 의무를 잊어버리려 해. 물론 그런 사람들도 일종의 동정심이라는 게 있어 가난한 사람들에게 옷이나 먹을거리를 나눠 주기도 하지. 하지만 정작 그들 자신의 영혼은 헐벗고 굶주린 상태네. 우리 인간들에게 용기라는 덕목은 어느새 사라진 지 오래 되었지. 어쩌면 애초부터 이를 가지지 못했는지도 몰라. 모름지기 도덕의 본바탕은 사회에 대한 두려움일 것이고, 종교의 비밀은 하느님에 대한 두려움이겠지. 이 두 요소가 우리를 지배하는 것이지만……."

"도리언, 머리를 약간 오른쪽으로 돌려 보겠나. 너무나 착하고 순수한 소년의 표정을 짓고 말이야."

바질은 자신의 작품에 몰입한 상태에서 잠시 입을 열었다.

그의 얼굴에는 그동안 보지 못했던 어떤 표정이 나타났다. 헨리 경은 어렸을 때부터 지녔던 특유의 우아한 손놀림과 함께 아름다운 목소리로 나지막이 말을 이었다.

"그렇지만…… 누군가가 자신의 삶을 온전히 살아 내려면, 모든 감정과 생각을 표현할 수 있어야 하거니와 모든 소망을 실현할 수 있어야 한다고 생각하네. 그렇게 된다면 이 세상은 중세 시대의 여러 폐단을 잊어버린 채 다시 기쁨으로 가득 차 오르겠지. 그러고는 고대의 그리스, 아니 어쩌면 그보다 훨씬 더 섬세하고 풍요로운 모습을 지닐 수 있을 거라 믿네. 하지만 제아무리 용감한 인간일지라도 자기 자신을 두려워하는 마음은 지니고 있는 법이지. 결국 자기 부정으로 말미암아 우리 삶을 훼손해 버리고 마는 야만성 같은 것이 우리 안에 잔존해 있는 것이네. 결국 우리는 이에 대한 대가를 치러야만 하지. 우리 자신을 억압하려는 모든 충동은 결국 우리를 파멸에 이르게 하는 것이네. 인간의 육신은 한번 죄를 짓게 되면 그 죄를 잊으려 하는데, 이는 행동이 이를 정화할 수 있는 방법 중 하나이기 때문이지. 하지만 그런 행동 뒤에는 쾌락에 대한 회상이나 후회가 남을 뿐이네. 유혹을 없애는 유일한 방법은 그 유혹에 순종하며 따르는 것이지. 만약 유혹에 저항하려고 한다면, 자네의 영혼은 스스로 억압해 버린 것에 대한 충동과 더불어 괴이하고 비합법적인 것에 대한 열망으로 가득 차 이내 병이 들고 말 것이네.

세상의 위대한 업적들은 모두 인간의 머릿속에서 만들어졌다고 하지. 하지만 세상의 크나큰 죄악들이 일어나는 곳도 모두 인간의 머릿속이네. 그레이 군, 흰 장미처럼 순결한 시기와 붉은 장미처럼 뜨거운 청춘을 보낸 자네도 스스로를 두렵게 만드는 정열이라는 것을 가져 봤겠지. 또 공포에 사로잡혀 생각만 해도 얼굴이 달아오르는 꿈을 꾼 적도 있었을 거야. 그러니⋯⋯."

"아아, 그만⋯⋯."

도리언은 머뭇거리며 말을 이었다.

"그만하세요. 저를 너무나 당황하게 하시네요. 말하고 싶은데, 대체 무슨 말을 어떻게 꺼내야 할지 모르겠네요. 이제 제게 생각할 시간을 주세요. 아니, 우선 제 머릿속을 좀 비울 시간이 필요해요."

도리언은 10여 분 동안 그 자리에 가만히 앉아 입을 벌리고 있었다. 맑은 눈동자는 묘한 빛을 냈다. 그의 내면에서 그동안 깨닫지 못했던 새로운 기운이 이는 듯했다. 하지만 그는 이토록 낯선 기운이 자신의 내면에서 발현된 것일 수도 있다는 생각이 들었다. 헨리 경이 꺼냈던 몇 마디의 말, 분명 우연히 말했겠지만 아마도 다분히 의도적인 역설이 숨어 있던 그 말이 지금껏 보지 못했던 은밀한 감정을 건드린 것이다. 도리언은 자신을 꿈틀거리게 하는 이 은밀한 감정 때문에 다시금 심장이 뛰는 듯한 기분을 느꼈다.

예전에는 음악이 그에게 이런 기분을 선사하고는 했다. 음악은 수차례나 도리언의 마음을 고통스럽게 뒤흔들어 놓았다. 하지만 음악이 우리 내면에 창조해 내는 것은 새로운 세계가 아닌 새로운 혼란이었다.

하지만 말이라는 것은! 그 단순한 말! 말이란 얼마나 소름 끼치도록 무서운 것인가. 너무나 분명하고, 생생하게 빛나며, 또한 잔인한 것이다. 누구도 말을 외면한 채 도망가 버릴 수는 없다. 말 안에는 얼마나 교묘한 기교가 담겨 있는가. 말은 무형(無形)의 존재에 아름다운 형태를 부여하기도 하고, 비올(바이올린의 전신으로 불리던 현악기)이나 류트(가장 오래된 현악기 중 하나)처럼 아름다운 선율을 지니고 있는 것만 같았다. 그저 말일 뿐인데! 하지만 말처럼 실질적인 것이 또 어디 있겠는가.

그렇다. 도리언은 그가 소년 시절에 이해하지 못했던 것들을 분명히 이해하고 있었다. 이제 그에게 삶은 강렬히 타오르는 불처럼 가슴을 뜨겁게 했다. 마치 자신이 그 뜨거운 불길 속을 헤쳐 온 것만 같았다. 왜 예전에는 이런 사실을 몰랐던 것일까?

헨리 경은 야릇한 미소를 지으며 도리언을 바라보았다. 그는 말을 멈춰야 할 정확한 순간을 알고 있었다. 또한 그의 마음 안에서는 강한 흥미가 일기 시작했다. 그가 우연히 건넨 이 말은 도리언에게 분명 깊은 인상을 주었고, 그는 그 사실에 꽤나 놀랐다. 그는 자신이 16세 때 읽었던, 예전에 알지 못했던 많은 것을 일깨운 그 책을 떠올리며 지금 도리언 그레이가 자신이 그때 겪었던 경험과 비슷한 일을 겪는 것은 아닐지 궁금해졌다. 그저 허공에 화살을 날렸을 뿐인데, 정녕 그것이 과녁에 명중했다는 것인가? 또한 이 젊은이는 얼마나 매력적인 친구인가!

한편 바질은 특유의 놀랍고도 대담한 기법으로 그림을 그리고 있었다. 그 대담한 기법에는 강한 힘으로 드러낼 수 있는 진정한 세련미와 완전한 섬세함이 엿보였다. 그는 두 사람의 침묵을 의식하지 못하고 있었다.

그때 도리언 그레이가 큰 소리로 외쳤다.

"바질, 이제 서 있기가 너무 지겨워요. 정원에 좀 나가야겠어요. 이곳의 탁한 공기에 그만 숨이 멎을 것 같다고요!"

"친구, 미안하네. 알다시피 난 그림을 그릴 때는 다른 걸 전혀 생각지 않잖나. 하지만 자네는 정말 너무나 아름다운 자세를 취해 주었네. 그 자세에서 전혀 움직이지도 않았지. 자네 덕분에 나는 원하던 모습을 그릴 수 있었네. 자네의 반쯤 벌린 입술, 그리고 총명하게 빛나는 눈빛을. 해리가 무슨 말을 건넸는지는 모르겠지만, 어쨌든 그 덕분에 자네가 아주 아름다운 표정을 지은 건 분명하네. 아마 자네를 두 손 모아 칭송해 주었겠지. 하지만 헨리 경이 하는 말을 곧이곧대로 믿어서는 안 되네."

"헨리 경은 제게 어떤 칭송도 하지 않았어요. 어쩌면 그래서 제가 헨리 경의 말을 전혀 믿을 수 없었나 보지요."

그러자 헨리 경은 나른한 눈빛으로 도리언을 지긋이 바라보며 말했다.

"자네가 내 말을 모두 믿고 있다는 건 이제 자신이 더 잘 알 것 같네. 자, 나도 이제 자네를 따라 정원으로 좀 나가야겠어. 이곳은 거의 찜통 안처럼 덥군. 바질, 시원한 음료 하나만 부탁하네. 기왕이면 딸기도 좀 넣어 주고 말이야."

"물론이지. 옆에 있는 종만 쳐 주게. 그러면 파커가 와서 자네가 원하는 음료를 가져다줄 것이네. 일단 난 이 그림의 배경을 마무리하고 이따 나가겠네. 오늘처럼 한번에 그림이 그려진 날은 없었네. 이 그림은 분명 내 걸작이 될 걸세. 물론 지금 이 모습만으로도 충분히 걸작이지만 말이야."

헨리 경은 정원으로 나갔고, 그사이에 도리언은 정원에 있는 아름다운 라일락 꽃망울에 얼굴을 묻고 마치 와인을 마시듯 꽃향기를 음미하고 있었다. 그는 도리언에게 다가가 그의 어깨에 손을 얹으며 나직하게 말했다.

"음, 아주 잘하고 있네. 영혼만이 감각을 치유할 수 있는 것처럼 감각만이 영혼을 치유할 수 있는 법이니까."

그 말에 도리언은 깜짝 놀라 뒤로 물러났다. 모자를 쓰지 않은 머리는 나뭇잎에 걸려 흐트러지고 말았다. 눈빛은 두려움으로 가득 차고 있었다. 섬세하게 빚어진 듯한 코가 살짝 떨렸다. 붉은 입술도 누가 잠자고 있던 어떤 신경을 건드리기라도 한 것처럼 파르르 떨렸다. 그 모습을 본 헨리 경이 말을 이었다.

"그래, 그것이 바로 인생의 가장 위대한 비밀 중 하나지. 자네는 적어도 스스로 생각하는 것보다 훨씬 더 많이 알고 있군. 물론 자네가 구하고 싶어 하는 만큼은 아닌 듯하지만."

도리언은 얼굴을 찌푸리며 고개를 돌렸다. 하지만 지금 옆에 서 있는 우아하고 키가 큰 청년을 좋아하지 않을 수 없었다. 그의 낭만적인 얼굴과 피곤한 듯 나른한 표정은 도리언의 관심을 끌기에 충분했다. 헨리 경의 목소리에는 분명 사람을 매혹시킬 만한 매력이 있었다. 심지어 꽃처럼 차갑고 하얀 손마저 매력적으로 다가왔다. 헨리 경이 말할 때, 그의 손은 어떤 표현을 하려는 듯 그의 말에 맞추어 춤추듯이 움직였다. 도리언은 왠지 헨리 경에게 두려움을 느꼈고, 그 두려움이 부끄럽게 느껴지기도 했다. 어째서 이 낯선 사람에게 자신의 마음을 드러내게 된 것일까?

도리언은 바질과 몇 달을 함께 지냈지만, 그 때문에 자기 자신이 이렇게 바뀌지는 않았다. 하지만 인생의 비밀을 알려 줄 것만 같은 이 사람이 갑작스레 자신의 삶에 찾아온 것이다. 지금 느끼는 이 감정은 무엇일까? 어린 학생도 아닌 자신이 왜 이런 감정을 느끼는 것인지 그는 불현듯 자신이 바보처럼 느껴졌다.

"그늘에 가서 앉지. 파커가 음료수를 가져다주었군. 이런 햇볕 아래서 오래 있으면 피부가 상하고 말 거야. 그렇게 되면 바질은 더 이상 자네를 그리려 하지 않겠지. 몸을 검게 하지 말게나. 그런 얼굴은 자네와 어울리지 않으니."

"그게 무슨 상관이신지요?"

도리언은 크게 웃으며 말하고는 정원 끝에 놓인 의자에 앉았다. "그레이 군, 지금 그건 자네에게 아주 중요한 문제야."

"대체 왜지요?"

"자네는 지금 그 누구보다도 아름다운 젊음을 가졌으니까. 그 젊음은 오래 간직할 만한 가치가 있는 유일한 것이지."

"헨리 경, 저는 그렇게 생각하지 않습니다."

"물론 그렇게 생각하지 않을 수도 있지. 하지만 결국 자네가 나이 들어 얼굴에 주름이 질 때, 번민이 이마에 깊은 주름을 새기고 자네의 생기를 잃게 만들 때, 그리고 열정이 자네의 입술을 섬뜩한 불길로 지져 버릴 때가 온다면, 그 후에는 분명 느낄 수 있을 거야. 지금이야 어디를 가더라도 자네의 아름다움으로 온 세상을 사로잡을 수 있겠지. 하지만 그게 앞으로도 지속될 수 있을까?

그레이 군, 자네는 정말 아름다운 얼굴을 지닌 사람이네. 그러니 함부로 인상을 쓰면 안 돼. 인간의 아름다움은 어찌 보면 천재성 가운데 하나이기도 하지. 실제로는 천재성보다 더 드높은 가치이기도 해. 아름다움이라는 건 굳이 설명하려 하지 않아도 모두들 아는 것이니까. 따사로운 햇볕이 내리쬐는 봄날, 우리가 달이라고 부르는 저 은빛 조개 같은 존재가 푸른 물을 비추는 것처럼 아름다움은 세상을 이루는 위대한 존재지. 굳이 의문을 가질 필요도 없고. 또한 아름다움은 거룩한 주권을 지니고 있네. 그러니 아름다움을 지니는 사람은 왕과 같겠지.

자네 지금 웃고 있는 건가? 아, 하지만 지금 자네가 지닌 아름다움을 잃고 나면 더 이상 그렇게 웃지는 못할 걸세. 가끔 사람들은 아름다움을 그저 껍데기일 뿐이라고 보기도 하는데, 어찌 보면 그게 더 맞는 말일 수 있지. 하지만 아름다움이라는 건 몇몇 사람의 생각처럼 피상적인 것에 머무르지 않아. 내게 최고로 경이로운 건 아름다움이네. 외모로 사람들을 판단하지 않는다고 말하는 사람들은 실은 깊이가 없는 사람이지. 세상의 진정한 신비는 우리가 볼 수 없는 것이 아닌, 우리 눈에 보이는 데서 나오는 법이거든.

맞아. 신은 자네에게 너무나 많은 것을 베풀어 주셨지. 하지만 그것을 일순간에 앗아가 버리는 것도 신이야. 자네가 이처럼 충만한 아름다움을 지닌 삶을 살 수 있는 것도 얼마 남지 않았을 거네. 젊음이 사라지면 자네의 아름다움도 함께 소멸되고 말겠지. 그러다가 문득 자신에게 더는 아무것도 남은 게 없다고 느낄 날이 올 거야. 아니면 과거의 기억만으로 만족하며 살아가거나. 세월이 조금 더 지나면, 자네는 점점 더 흉측하게 변할 수도 있네. 자네를 질투한 시간이란 존재가 자네를 시샘한 끝에 시비를 걸어오겠지. 그렇게 되면 안색은 누렇게 뜨고, 볼은 움푹 패며, 눈은 흐리멍덩해질 거야. 그렇게 자네는 끔찍한 고통 속으로……

아, 그러니 부디 젊을 때 자네의 젊음을 깨닫길 바라네. 그리고 부질없는 것에 귀를 기울이거나 희망 없는 실패의 삶을 이어 나가기 위해 노력하지 말게. 또 굳이 평범하고, 무지하며, 세속에 찌든 사람들에게 자네를 내어 주며 이토록 아름다운 자네의 시기를 낭비하지 말게나. 그들은 그저 허황된 목적이자 그릇된 것에 불과하네.

그러니 자네의 삶을 살아야 해! 자네 안에 내재돼 있는 경이로움에 귀를 기울이란 말이네! 무엇 하나 함부로 잃어버리지 말고, 항상 새로운 감동을 주는 존재를 찾기 위해 살게나. 아무것도 두려워하지 말고. 어쩌면 이런 쾌락은 우리 시대가 진정 원하는 것일지도 모르네. 자네는 이런 쾌락주의의 상징적인 존재가 될 수도 있네. 지금 자네의 매력으로는 못 할 것이 없어. 그 시기 동안 세상은 오롯이 자네 편이 되어 줄 수 있다는 얘기네.

사실 자네를 처음 본 순간, 나는 자네가 그동안 자신이 진정 어떤 존재인지, 그리고 어떤 존재가 되어야 하는지 의식하지 못하고 있다는 것쯤은 바로 알 수 있었지. 자네는 분명나를 사로잡을 만한 엄청난 매력이 있었기 때문에 이런 얘기를 해 줘야겠다고 느꼈어. 자네의 인생을 헛되이 날려 보낸다면 그것이야말로 시대의 비극이 될 수도 있겠다는 생각이 들었지. 이제 정말 자네의 아름다움이 소진될 시간이 얼마 남지 않았네. 흔히 볼 수 있는 아름다운 들꽃들도 때가 되면 시들고 말지만, 그것들은 이내 다시 피어나네. 금사슬나무는 내년 6월이 되면 지금처럼 똑같이 아름다운 꽃을 피울 거네. 하지만 우리는 그런 시절을 되찾을 수 없는 운명이지. 스무 살 때부터 우리 안에서 생동하던 감정들은 시간이 지날수록 점차 느려지겠지. 이내 감각은 무뎌지고, 팔다리는 축 늘어지고 말거야. 그렇게 되면 우리는 그저 누추한 꼭두각시 인형이 되어서 담대하게 하지 못했던 유혹의 순간과 열정을 피워야만 했던 순간을 놓쳐 버린 것에 대해 후회하며 절규할 거네. 젊음! 청춘! 세상은 이것 이외에는 분명 아무것도 없을 테니!"

도리언 그레이는 눈을 치켜뜬 채 의아한 표정으로 귀를 기울이고 있었다. 그러다가 그가 손에 들고 있던 라일락 가지가 땅바닥으로 떨어졌다. 이내 외투를 입은 듯 잔털로 몸을 감싼 벌 한 마리가 나타나 가지 주위를 돌더니, 바로 둥글고 자그마한 꽃송이들 사이로 들어갔다. 그는 그 벌을 지켜보고 있었다. 너무나 중요한 일을 하기 전에 우리가 잠시 겁이 날 때, 혹은 우리가 뭐라 함부로 표현할 수 없는 낯선 감정에 휩싸일 때, 아니면 어떤 끔찍한 생각이 뇌리를 스쳐 그 생각에 몰입하도록 할 때에 우리가 별것 아닌 것에도 의미를 부여하고 관심을 보이려 하는 것처럼, 그는 그렇게 벌을 바라보고 있다. 잠시 후 벌은 라일락을 떠나 주근깨처럼 작은 점들이 박힌 자줏빛의 나팔꽃 속으로 기어 들어갔다. 곧 꽃은 몸을 떨더니 이리저리 뒤흔들리기 시작했다.

그때 바질이 화실의 문간에서 끊는 듯한 말투로 그들에게 빨리 들어오라는 신호를 보냈다. 두 사람은 서로를 보고는 잠시 미소를 지었다.

"언제까지 그러고 있을 거야. 어서 들어오게. 햇살이 너무나 완벽하니, 그림 그리기에는 지금이 딱 좋단 말이네. 음료수도 가지고 들어와도 되네."

두 사람은 자리에서 일어나 찬찬히 화실로 향했다. 푸른색과 흰색으로 어우러진 나비 두 마리가 파닥파닥 날갯짓하며 그들의 곁을 지나갔다. 정원 한편에 있던 배나무에서는 티티새 한 마리가 아름다운 새소리를 내고 있었다. 헨리 경은 지긋이 도리언을 바라보다가 말을 건넸다.

"그레이 군, 나를 만나 기분이 좋은 모양이군."

"맞아요. 저는 지금 너무나 즐겁습니다. 앞으로도 항상 즐거울 수 있을는지요."

"항상이라니. 그 말은 정말 끔찍한 단어지. 난 그 말을 들을 때마다 몸이 부들부들 떨릴 지경이야. 그런 말은 주로 몇몇 여성이 쓰곤 하는데, 그런 사람들은 자신만의 연가(戀歌)를 영원불멸로 만들기 위해 노력하는 바람에 결국 이를 망치고 말지. 영원이란 말처럼 무용한 말이 또 있을까. 일생에서 영원함과 변덕스러움이 갖는 차이가 하나 있다면, 그것은 바로 변덕스러움이 영원함보다 더 오래 지속된다는 것이겠지."

도리언 그레이는 헨리 경과 함께 화실에 들어서며 불현듯 그의 팔에 자신의 손을 올려놓았다.

"그렇다면 우리 사이의 우정도 변덕스러우면 좋겠군요."

그는 잠시 자신의 대담함에 얼굴을 붉혔다. 그러고는 다시 단상에 올라가 자세를 취하기 시작했다.

헨리 경은 버들로 만든 부드럽고 널찍한 안락의자에 앉아 도리언의 모습을 바라보았다. 바질이 그림에서 멀찍이 떨어져 작품의 구도를 보기 위해 내는 발소리나 캔버스 위를 가볍게 스치는 붓 소리를 제외하면 화실은 온통 정적뿐이었다. 열려 있는 화실의 문으로 비스듬히 스며들어온 햇살 속에서 먼지가 나풀나풀 춤추며 빛나고 있었다. 짙은 장미 향기는 화실 구석구석에 스며들어 모든 물건 위에 사뿐히 앉아 있는 것만 같았다.

15분 정도가 지나자, 갑자기 바질은 붓을 멈추고는 도리언을 한참이나 뚫어지게 바라보았다. 그러고는 그림을 바라보며 붓 끝을 깨물며 잠시 얼굴을 찡그리기도 했다.

"자, 완성이네."

이윽고 마침내 그가 이렇게 외치더니 허리를 굽혀 캔버스의 왼쪽 귀퉁이에 주홍색으로 자신의 이름을 길게 적었다. 헨리 경은 가까이 가서 완성된 작품을 유심히 바라보았다. 진정 놀랍도록 빼어난 예술 작품이었다. 도리언을 놀라울 정도로 닮은 모습이었다.

"친구, 정말 축하하네. 현대 미술사에서 가장 훌륭한 초상화를 만들었군. 그레이 군, 이리 와서 자네의 초상을 구경하게나."

도리언은 단잠에서 깬 것처럼 깜짝 놀라고는 단상에서 내려오며 나지막이 말했다.

"정말 다 끝난 건가요?"

"맞아, 완성이야. 모든 게 다 자네 덕분이네. 정말 고마워."

그때 헨리 경이 끼어들며 말했다.

"이 작품은 순전히 내 덕분에 완성된 거네. 그레이 군, 내 말이 맞지?"

도리언은 그 말에 답하지는 않았다. 하지만 이내 자신의 초상화를 무심히 지나가려다 다시 몸을 틀었다. 마침내 완성작을 마주한 그의 마음은 기쁨으로 가득 차올랐다. 마치 난생처음 자신의 모습을 마주한 것처럼 환희에 휩싸인 듯했다. 바질이 자신에게 무어라 말하는 것 같기는 했지만, 황홀함에 젖은 그는 그의 말을 듣지 못했다. 이윽고 도리언은 자신의 아름다움에 대해 깨달았다. 그는 여태껏 자기 자신을 단 한 번도 아름답다고 여긴 적이 없었다. 바질이 하던 소리도 그저 듣기 좋으라고 하는 말로만 느꼈다. 그래서 그는 그의 칭찬을 그저 웃어넘기는 바람에, 이 말이 그의 본질에는 어떤 영향도 주지 않았다.

그럴 때 헨리 경이 나타나 자신의 젊음에 대해 색다른 시각으로 말을 건네며, 그것이 얼마나 짧은 것인지에 대한 경고도 함께 해 주었던 것이다. 헨리 경의 말을 들으며 마음이 복잡했던 그는, 이제 초상화에 담긴 자신의 아름다움을 마주하면서 헨리 경의 말이 분명 현실로 일어날 수 있겠다고 생각했다. 언젠가는 자신도 얼굴의 주름살이 자글자글해질 것이고, 눈은 생기를 잃고 말 것이며, 우아한 모습은 분명 무너지고마는 날이 올 것이다. 붉은 입술은 점점 바래고, 고불거리는 금빛 머리카락은 어느새 하얗게 세어질 것이며, 결국 그의 영혼이 육체를 무너뜨려서 흉측한 모습으로 바뀌게 할 것이다.

이런 생각에 빠지자 그는 마치 날카로운 칼에 찔린 것처럼 극심한 통증이 왔고, 마치 자신의 본바탕을 이루는 섬세한 조직 하나하나가 바들바들 떨리는 듯한 기분이 들었다. 그의 눈은 이미 안개처럼 눈물이 차오르기 시작했다. 얼음처럼 차가운 손은 마치 그의 심장을 누르는 것만 같았다.

"마음에 안 드는 건가?"

도리언의 속마음을 알지 못하는 바질은 다시 큰 소리로 물어 왔다. 이내 헨리 경이 답했다.

"에이, 무슨 소리야. 너무나 마음에 들어 저러는 거겠지. 현대 예술 작품 중 가장 뛰어난 성과물이 탄생했는데 말이네. 그 작품을 내게 주지 않겠나? 자네가 부르는 대로 값은 다 치르도록 하지. 내가 저 작품을 가지고 싶을 정도니."

"해리, 이건 내 것이 아니네."

"그럼 누구의 것인가?"

"당연히 도리언 그레이의 것이지."

"저 친구는 정말 운을 타고 났어."

그때 도리언 그레이가 자신의 초상화를 바라보며 낮은 목소리로 말했다.

"아, 얼마나 슬픈 것인가! 내가 결국 늙어 흉측한 모습으로 변한다는 것은! 하지만 이 초상화는 영원히 젊음을 유지한 채 남아 있겠지. 분명 오늘보다 더 늙지 않겠지. 아, 내가 영원히 젊음을 유지하고 저 초상화가 늙어 간다면 얼마나 좋을까! 그럴 수만 있다면…… 그걸 위해서라면 무엇이든 다 줄 수 있을 것만 같아! 내 영혼마저도!"

그러자 헨리 경은 웃음을 터뜨리며 말했다.

"바질, 자네는 그의 제안에 동의하지 않겠지. 그게 이 작품에는 큰 불행일 테니까."

"물론이지."

그 말에 도리언이 고개를 돌려 바질을 바라보며 말했다.

"그럴 줄 알았어요, 바질. 당신은 사람보다 오직 작품을 좋아하는 사람이니까. 당신에게 저는 그저 한낱 청동상 정도였겠지요. 이렇게 말해도 될지 모르겠지만, 분명 저는 그 정도밖에 안 되는 존재였다고요!"

바질은 너무나 놀라 그를 빤히 바라보았다. 도리언은 예전과 전혀 다른 사람이 되어 있는 것만 같았다. 대체 그동안 무슨 일이 일어났던 것인가. 말을 꺼내는 도리언은 굉장히 분노로 가득 찬 것만 같았다. 그의 뺨은 불길처럼 빨갛게 타오르고 있었다.

"분명해요. 저는 당신에게 상아로 만든 헤르메스상이나 은으로 만든 목신(牧神)상보다 못한 존재예요. 당신은 그저 그런 예술 작품들에 빠져 있겠지요. 그러니 언제까지 저를 좋아해 주겠어요? 아마 제가 늙기 전까지일 거예요. 이제 저는 사람이 아름다움을 잃으면 모든 것을 잃어버린다는 사실을 알았어요. 당신의 그림이 저에게 그 사실을 명확히 가르쳐 줬어요. 헨리 워튼 경의 말이 모두 옳았어요. 오로지 젊음만이 유의미하다는 것을. 저는 제 자신이 늙는다는 걸 알게 된다면, 주저 없이 스스로 목숨을 끊고 말 거예요."

얼굴이 새파랗게 질린 바질은 도리언의 손을 잡으며 외쳤다.

"도리언! 그렇게 말하지 마. 여태껏 자네 같은 친구는 내게 단 한 명도 없었고, 분명 앞으로도 없을 걸세. 혹시 물질 따위에 질투심을 느끼는 건 아니겠지? 자네는 세상 어떤 물질과도 맞바꿀 수 없을 정도로 아름다운 친구네!"

"저는 이제 아름다움이 시들지 않는 모든 것을 질투해요. 당신이 그린 제 초상화에도 질투심이 느껴질 정도예요. 제가 결국 잃을 수밖에 없는 걸 어째서 초상화는 계속 간직하고 있는 것이지요? 저는 차츰 모든 것을 잃어 가겠지만, 이 초상화는 영원히 새로운 쾌락을 얻겠지요. 아, 이 그림이 변하고 제가 영원한 젊음을 얻는다면 좋겠지만! 바질, 대체 왜 이 초상화를 그린 건가요? 이제 이 초상화는 저를 비웃으며 조롱하고 말 거예요. 악독하게 저를 비웃을 거란 말이에요!"

어느새 도리언의 두 눈에는 뜨거운 눈물이 넘쳐흘렀다. 그는 바질의 손을 뿌리치고는 소파 위로 몸을 던져 쿠션에 얼굴을 묻었다.

"해리, 이건 모두 자네가 저지른 일이네."

바질은 비통한 소리로 헨리 경에게 말했고, 헨리 경은 어깨를 으쓱하며 말했다.

"이게 도리언 그레이의 진짜 모습인 것이지."

"아니네."

"그래? 그럼 그렇지 않다고 해도 이제 나보고 어쩌라는 말인가?"

"아까 내가 가라고 했을 때, 진작 나갔다면 좋았지 않았는가."

"나는 자네의 부탁으로 남아 있었다는 걸 잊었나?"

"해리, 나는 내 가장 친한 친구 두 명과 모두 틀어질 수는 없겠지. 그리고 자네들 때문에 이제 나는 너무나 훌륭한 내 작품을 경멸하게 되었네. 그렇다면 이제 그림을 없애 버려야 할 수밖에 없겠어. 그저 캔버스와 물감들이 우리 세 사람의 사이를, 그리고 인생을 망치는 꼴은 보지 못하겠네."

바질이 창문 아래에 있는 테이블로 성큼성큼 걸음을 옮기자 도리언은 울음을 멈추고 창백한 얼굴을 들어 그를 지켜보았다. 바질은 어지러이 널려 있는 여러 회화 도구 틈에서 무언가를 찾는 듯했다. 그가 찾고 있는 것은, 얇지만 단단하고 날카로운 팔레트 나이프였다. 이윽고 이를 찾아낸 홀워드는 당장 작품을 찢기 위해 다가갔다. 그러자 도리언은 소파에서 벌떡 일어나 그에게 달려가 나이프를 잡아채고는 화실 구석으로 내팽개치며 소리쳤다.

"바질, 제발! 그러지 마세요! 이제 그건 살인이나 다름없는 일이라고요."

"도리언, 자네가 이제야 내 작품을 인정해 주다니 기쁘군. 자네가 그러리라고는 전혀 생각지도 못했는데."

바질은 더없이 싸늘한 목소리로 말했다.

"인정이라니요? 저는 누구보다 이 작품을 사랑하는 사람이잖아요. 저는 이 작품을 제 분신처럼 여기고 있어요."

"알겠네. 곧 물감이 바르면, 니스로 칠해 광택을 내고 액자에 넣어서 집으로 보내 주지. 그러고는 자네가 하고 싶은 대로 하게."

그는 이렇게 말하며 화실의 반대편으로 가 종을 쳤다.

"도리언, 차를 마시지 않겠나? 그리고 해리, 자네도. 아니, 자네는 그런 단순한 즐거움을 누리기는 싫겠지?"

"단순한 즐거움을 누가 마다하겠나. 자고로 번민 끝에 찾게 되는 피난처가 단순한 즐거움인 것을. 그나저나 연극 무대라면 모를까, 왜 이렇게 야단법석을 떠는 건가. 자네들은 또 어쩌나 이리 어리석은 것인가! 누가 인간을 이성적인 동물이라 했는지, 참. 그런 정의는 참으로 성급한 것이었지. 물론 인간에게는 여러 가지 면이 있겠지만, 그렇다고 해서 이성적이라고 볼 수는 없어. 어쨌든 나는 자네들이 이성적이지 않기에 마음에 쏙 드는군. 또한 나는 자네 둘이 저 그림을 놓고 불필요한 말싸움을 하지 않았으면 하네. 바질, 차라리 내게 저 초상화를 주는 건 어떻겠나? 저 어리석은 소년은 아쉽게도 그림을 원하지는 않지만, 나는 누구보다도 원하는 사람이니 말이네."

"바질, 만약 당신이 그림을 나 이외에 다른 사람이 갖도록 한다면 가만히 있지 않을 겁니다! 그리고 헨리 경, 계속 저를 어리석다고 부르신다면 그냥 듣고만 있지도 않을 겁니다!"

"도리언, 이 초상화가 당신 것이라는 건 누구보다 잘 알지 않나. 이 그림은 그리기 전부터 오롯이 자네를 위한 것이었네."

"그레이 군, 자네는 나 덕분에 그동안 당신이 얼마나 어리석게 살아왔는지 알게 되었잖나. 또 내가 자네가 얼마나 아름다운지 이야기한 것에 대해 반대하지도 않았지."

"헨리 경, 제가 조금 전 그 말에는 분명 강하게 반대했어야 했는데 그러지를 못했네요."

"아! 조금 전! 그래, 자네는 바로 조금 전부터 진정한 삶을 누리기 시작한 것이네!"

그때 누군가가 문을 가볍게 두드리더니, 집사가 찻잔이 놓인 쟁반을 들고 와 작은 테이블 위에 내려놓았다. 찻잔과 이를 받치는 접시에서 달그락거리는 소리가 났고, 세로로 된 홈이 있는 조지 왕조 시대 느낌의 찻주전자에서는 김을 내뿜는 소리가 났다. 뒤이어 심부름꾼이 둥근 모양의 접시 두 개를 가져오자, 도리언 그레이가 다가가 차를 따랐다. 바질과 헨리 경 또한 테이블로 다가가 어떤 것들이 놓여 있는지 살펴보았다. 헨리 경이 말했다.

"오늘 밤에 같이 연극을 보러 가면 어떨까. 어디서는 분명 훌륭한 공연이 열리겠지. 실은 오늘 화이트 클럽(영국에서 유서 깊고 규모가 큰 신사 전용 클럽)에서 친구와 저녁 약속을 했는데, 아파서 가지 못한다고 말하든지 혹은 일정이 밀리는 바람에 못 갈 것 같다는 전갈을 보내면 되겠지. 차라리 후자가 낫겠어. 아무래도 솔직한 게 더 나을 테니까."

"아, 그렇다면 예복을 갖춰 입어야 되지 않나. 정말 성가신 일이지. 더구나 나는 다른 사람들이 한껏 갖춰 입은 모습만 봐도 짜증이 날 지경이야."

"맞네. 19세기의 복장은 조금 혐오스러워. 얼마나 칙칙한지 곧장 사람을 우울함에 빠져들게 만들지. 어쩌면 현대인에게 남은 색깔이란 죄악밖에 없을 거야."

"아, 해리. 제발 도리언 앞에서 그렇게 말하지 말게."

"어떤 도리언? 지금 우리에게 차를 따르는 도리언인가, 아니면 저 초상화 속의 도리언인가?"

"하, 어느 쪽이나 마찬가지네."

그때 도리언이 말했다.

"헨리 경, 저도 연극을 보러 가고 싶은데요."

"그럼 같이 가면 좋지. 바질, 자네도 같이 가야지?"

"나는 바빠서 이번에는 못 가겠네. 변명이 아니라 정말로 할 일이 쌓여 있지."

"그렇다면 그레이 군과 둘이 가야 되는 건가."

"네, 꼭 같이 가요."

바질은 다시 입술을 깨물더니, 찻잔을 들고 초상화 앞으로 향하고는 슬픈 목소리로 말했다.

"그렇다면 나는 진짜 도리언과 이곳에 남아 있어야겠지."

그러자 차를 따르는 도리언이 홀워드에게 다가가 물었다.

"이 그림이 진짜 도리언이라는 건가요? 제가 정말 저렇게 생긴 건가요?"

"그래, 자네는 이런 모습으로 생겼지."

"바질, 정말 아름답네요!"

"외모가 그렇다는 얘기네. 하지만 그림은 절대로 변할 수 없는 운명을 지녔지. 그게 중요한 것이네."

바질은 그렇게 말하고는 한숨을 쉬었다. 그러자 헨리 경이 소리쳤다.

"참, 대체 왜 실물과 똑같이 생겨야 한다는 것의 충실성 문제로 그 난리를 피우는 건가! 사랑에서도 충실성이라는 것은, 순전히 생리적 문제에 불과하네. 우리의 자유 의지와는 아무 상관이 없다고! 젊은이들은 한 사람에게 충실하고 싶어도 그럴 수 없고, 늙은이들은 마음껏 다른 사람을 탐닉하고 싶어도 그럴 수 없지. 우리가 아는 것은 그것뿐이라네."

그러자 바질이 도리언에게 말했다.

"도리언, 오늘 밤에는 연극을 보러 가지 말고 나와 저녁을 먹는 게 어떻겠나."

"바질, 그럴 수는 없어요."

"왜지?"

"이미 헨리 경과 약속했기 때문이지요."

"약속을 지킨다고 해서 헨리 경이 자네를 더 좋아하지는 않을 걸세. 그도 조금 전 본 것처럼 늘 약속을 어기곤 하니. 부디 가지 않으면 안 될까?"

그러자 도리언은 조용히 웃으며 고개를 가로저었다.

"도리언, 내가 이토록 간절히 부탁하겠네."

그 말에 도리언은 잠시 머뭇거리더니 헨리 경을 힐끗 쳐다보았다. 그는 테이블 위에서 이 상황을 재미있다는 듯이 바라보고 있었다.

"바질, 저는 꼭 가야겠네요."

"알겠네."

그는 이렇게 말하고는 테이블로 가서 찻잔을 쟁반 위에 내려놓았다.

"시간이 늦었군. 옷도 격식 있게 차려입으려면 조금 서둘러야겠어. 다들 잘 가게. 조만간 다시 와 줘. 내일쯤 오면 좋겠군."

"알겠어요."

"잊지 마."

"아, 알겠다니까요." 도리언은 큰 소리로 외쳤다.

"그리고, 해리!"

"그래, 왜?"

"내가 오늘 아침, 정원에서 했던 부탁은 잊지 말아 주게."

"아, 벌써 잊었는데 어떡하지?"

"자네를 믿네."

그러자 헨리 경은 미소를 지으며 말했다.

"나도 스스로를 믿을 수 있으면 좋겠지만……. 자, 그레이

군. 어서 나가지! 내 마차가 밖에 있을 테니, 자네 집까지 데려다줄 수 있겠지. 바질, 잘 지내고! 즐거웠네."

결국 두 사람은 화실 밖으로 나섰다. 문이 닫히자, 바질은 그만 소파에 털썩 주저앉고 말았다. 그의 얼굴은 서서히 괴로워지고 있었다.

3

이튿날 12시 30분, 헨리 경은 숙부인 퍼머 경을 만나기 위
해 커즌 가에서 근처의 올버니까지 천천히 걸어갔다. 나이 든
퍼머 경은 여전히 독신이었고, 조금 거칠기는 해도 어느 정도
온화한 성품을 지닌 사람이었다. 그에게 아무런 도움도 받지
못한 사람들은 그를 지극히 이기적인 인간이라고 평했지만,
그는 자신을 즐겁게 해 주는 사람들에게는 아낌없이 베푸는
이였기에 몇몇에게는 아량이 넓은 사람으로 알려져 있기도
했다.

그의 부친은 스페인의 이사벨라 여왕이 아직 나이가 어리
고, 주앙 프림(이사벨라 2세를 폐위시키기 위한 반란을 주도한 장
군)이 아직 이름을 날리기 전에 스페인의 마드리드 주재 대사
를 지냈다. 하지만 그는 자신의 신분이나 태도, 게다가 자신
의 번역 능력이나 열정 등을 봤을 때 자신은 충분히 파리 주
재 대사 정도는 받아야 한다고 생각했다. 결국 이를 얻어 내

지 못하자, 그는 격분해 충동적으로 사임하고 말았다. 한편 아버지 밑에서 비서로 일하고 있던 퍼머 경 또한―지금 생각해 보면 너무나 경솔한 짓이었지만―일을 그만두었다. 그로부터 몇 개월 후, 그는 경(卿)이라는 칭호를 얻었고, 이제는 정말 구시대의 유물이 되어 버린 귀족 예술에 대해 진지하게 연구하게 되었다.

그는 시내에 무려 두 채의 저택을 가지고 있었지만, 오직 자신의 불편함을 덜겠다는 이유로 올버니에 있는 독신자 주택에 머무르며 끼니는 근처의 클럽에서 해결했다. 그는 중부 지역의 탄광들을 운영하는 일에 주로 관심을 기울였다. 어쩌면 남들에게 좋지 않은 평판을 들을 수 있었음에도 퍼머 경은 석탄을 보유한 덕택에 넉넉히 장작을 땔 수 있다는 구실을 내세움으로써 체면치레를 했다. 또한 그는 토리당(17세기에 창당된 영국의 보수 정당)의 당원이었지만, 정작 토리당이 정권을 잡자 그들을 과격하기 그지없는 급진주의자들이라며 힐난하기도 했다.

그는 자신을 괴롭히는 이들에게는 위인같이 대했고, 반대로 그에게 괴롭힘을 받던 친척들에게 그는 더없는 두려움의 대상이 되었다. 한마디로 그는 전형적인 영국 사람이었지만, 정작 본인은 영국이 망해 가고 있다고 이야기하곤 했다. 그가 내세우는 원칙은 사실 구시대적인 것이 대부분이었지만, 또 나름대로 합리적인 이유로 그의 의견이 일부 받아들여진 것도 있었다.

헨리 경에 방에 들어서자, 그의 눈에 거친 사냥용 외투를 입은 채 〈더 타임스〉 신문을 읽으며 여송연을 피우고 있는 숙부의 모습이 들어왔다.

"오, 해리! 네가 이른 시간에 웬일이니? 자고로 너 같은 멋쟁이들은 오후 2시 정도까지는 한없이 늘어져 있다가 5시 정도는 되어야 집에서 나올까 말까 하잖나."

"숙부님, 그건 분명 제가 친척으로서 가져야 할 마땅한 애정 때문일 겁니다. 또 숙부님께 부탁할 말씀도 있고……."

그러자 퍼머 경이 얼굴을 찡그리며 말했다.

"돈이 궁한가 보구나. 그래, 일단 앉아서 얘기해 보게. 요즘 젊은 사람들은 그저 돈이면 다 해결된다고 생각하니, 원."

헨리 경은 코트의 단추를 만지작거리며 나지막이 말했다.

"그런 사람들은 점점 나이가 먹어서야 그게 사실이 아니라는 걸 알게 되겠지요. 하지만 저는 돈 때문에 찾아온 게 아니랍니다. 돈이란 건 계산해야 되는 사람한테 필요한 것이겠지만, 저는 한 번도 돈을 지불해 본 적이 없지요. 저처럼 어린 사람들에게는 그저 신용을 지키는 것이 최고의 자산입니다. 그것만 있다면 멋들어지게 살 수 있지요. 심지어 저는 항상 다트무어의 상인들을 잘 대해 주잖습니까. 그러니 그들도 저를 잘 대해 주었지요. 저는 정보를 얻고자 해서 왔습니다. 물론 그렇게 중요한 정보는 아닐 수도 있지만……."

"아, 영국의 청서(靑書)와 관련된 내용이 궁금하다면 무엇이든 말해 줘야지. 요즘에는 그 보고서에 그다지 필요 없는 정보를 많이 써 놓기도 한다지? 내가 외교부에 있을 때만 해도 그 정도는 아니었는데 말이네. 그런데 요즘에는 대부분 시험을 치러 사람을 뽑는다고 하더구나. 그러니 대체 뭘 기대할 수 있겠니. 시험은 처음부터 끝까지 그저 속임수에 지나지 않아. 그저 그 사람이 신사면 많은 것을 알 테고, 만약 신사가 아니라면 그는 지식을 알면 알수록 스스로 크나큰 재앙을 불러일으키겠지."

그러자 헨리 경이 나른한 표정으로 말했다.

"숙부님, 도리언 그레이는 그런 보고서에 나올 법한 사람은 아닙니다."

"흠, 도리언 그레이라고 했나? 그가 누구지?"

"숙부님, 저는 그게 알고 싶은 것입니다. 아니, 정확히 얘기하면 반 정도는 알지요. 그는 돌아가신 켈소 경의 외손자라고 들었습니다. 또한 어머니는 마거릿 데버루라는 부인이고요. 숙부께 이 부인에 대한 정보를 알고 싶습니다. 그가 어떤 사람이고, 누구랑 결혼했는지 말이에요. 숙부께서는 동년배 분들이라면 거의 다 알고 계시니 혹시나 아시지 않을까 했어요. 제가 그레이 도리언이라는 친구에게 관심을 갖기 시작했거든요. 그를 만난 지 얼마 되지 않았는데도 말이지요."

"켈소의 손자라…… 켈소의 외손자……. 아! 그 사람 어머니는 내가 잘 아는 사람이지. 나는 그 여자의 세례식에도 참석했었네. 그녀는 너무나 아름다운 여인이었지. 마거릿 데버루, 그 여인이 변변찮은 젊은이와 눈이 맞아 달아나 버리는 바람에 모든 남자가 들끓기도 했었네. 아마 보병 연대의 소위 정도 되는 사람이었지. 아, 이제 모든 일이 생생히 기억나네.

그 가엾은 친구는 결혼한 지 얼마 안 되어 벨기에의 어떤 소도시에서 결투하다 그만 목숨을 잃고 말았지. 그런데 그 사건에는 너무나 추잡한 이야기가 꼬리표처럼 따라다녔단다. 켈소가 벨기에의 어떤 악질적인 인간을 매수해 대중 앞에서 자기 사위를 모욕하게 했다는 소문이었지. 게다가 대가를 지불하면서 말이네. 심지어 그 벨기에 놈이 마치 비둘기를 꼬챙이에 꿰기라도 하는 것처럼 그 사위를 찔러 죽였다는 얘기마저 돌았어. 그 사건은 모두 쉬쉬하려 했지만, 그 후 켈소는 한동안 클럽에서 혼자 밥을 먹어야만 했네. 시간이 흘러 그는 자기 딸을 도로 데려왔지만, 딸은 그 후로 다시는 그와 말을 섞지 않았다고 하더군. 그리고 그 여자도 남편이 죽은 지 채 1년도 안 되어 죽었다고 하는구나. 그런데 그녀에게 아들이 있었던 모양이지? 내가 그 사실은 잊고 있었네. 어떤 아이니? 어머니를 닮은 외모라면 분명 잘생겼겠지."

"맞습니다. 정말 뛰어나게 준수한 친구지요."

"제대로 자랄 수 있었는지 모르겠군. 켈소가 마땅히 도리를 다했다면, 그 아이에게도 상당한 유산이 남겨졌겠지. 그 아이의 재산 또한 상당했을 게다. 셀비 쪽에 있던 모든 재산이 할아버지를 통해 그 아이에게로 갔거든. 그 아이의 할아버지 또한 켈소를 너무나 미워했지. 또 실제로 켈소가 그런 성격을 지니기도 했고 말이야. 내가 마드리드에 갔을 때, 켈소 때문에 당한 창피를 생각하면! 켈소가 매번 마부와 요금 문제로 실랑이를 벌이자, 그날 여왕께서 저 사람이 누구냐고 내게 물어보신 적이 있었지. 그 이야기는 마부들의 입을 통해 널리 퍼졌고, 나는 그 소문 때문에 한 달가량이나 궁정에 얼굴조차 내밀지 못할 지경이었단다. 부디 그 사람이 마부들보다는 자신의 손자를 잘 대해 주었기를 바랄 뿐이네."

"그랬군요. 제 생각에도 그레이가 어느 정도 돈은 충분한 듯해요. 아직 나이가 어린 데도 셀비에 재산이 좀 있다고 들었던 기억이 나요. 그런데 그의 어머니란 분이 정말 절세가인이었나요?"

"마거릿 데버루는 내가 본 어떤 여인 중에서도 가장 아름다운 사람이었지. 하지만 왜 그런 배우자를 선택했는지는 지금도 잘 이해가 가질 않는다. 그녀가 마음만 먹었더라면, 원하는 누구와도 결혼할 수 있었을 텐데 말이지. 칼링턴이라는 작자는 그야말로 미친 듯이 그녀를 따라다녔었네. 하지만 그녀는 너무나 낭만적이었지. 사실 그 집안 여성들은 거의 그랬지. 대부분 남자들은 그저 변변찮았지만, 여자들은 어찌나 훌륭했던지. 칼링턴은 심지어 그녀에게 무릎까지 꿇은 적이 있다고 내게 말해 주었단다. 그렇게까지 노력을 기울였지만, 그녀는 그저 코웃음을 치고 말았어. 당시 런던에서 그를 좋아하지 않는다는 처녀는 당최 찾아볼 수 없을 정도였는데 말이지.

그런데 해리, 결혼 얘기가 나와서 말인데 다트무어가 미국 여성이랑 결혼한다는 얘기가 있던데 사실이니? 네 부친이 그렇게 말씀하시더라. 영국 여성은 맘에 드는 구석이 없다는 건가?"

"숙부님, 요즘은 미국 여성이랑 결혼하는 게 유행처럼 번지고 있어요."

그러자 퍼머 경이 주먹으로 테이블을 탕 내리치며 말했다.

"해리, 아무리 세상이 그렇게 돌아간다고 하더라도 나는 절대적으로 영국 여인의 편을 들 것이야."

"내기를 하시려거든 미국 여인의 편에 거시는 게 어떠실까요?"

"그 사람들은 결혼 생활을 오래 이어 나가지 못한다고 들었다만."

"음, 미국 여성들은 약혼 기간이 길면 지쳐 버리는 듯해요. 하지만 그들의 장애물 경주 솜씨는 정말 훌륭해요. 간단한 장애물쯤은 가뿐히 넘어 버리지요. 다트무어가 결혼할 가능성이 있을지 모르겠네요."

그러자 노신사가 투덜거리며 말했다.

"여인 쪽 집안은 어떤 분들인 거냐? 부모가 있기는 한가?"

헨리 경은 고개를 가로저으며 말했다.

"영국 여인들이 과거를 숨기는 것에 능숙하다면, 미국의 여인들은 자신의 부모를 숨기는 데 크나큰 재능을 발휘하지요. 이제 그만 가 봐야겠네요."

"흥, 아마 돼지고기 통조림이나 만드는 데서 일하겠지."

"숙부님, 다트무어를 위해서라도 그랬으면 좋겠네요. 미국에서는 정치 다음으로 가장 많은 돈을 버는 직업이 그 직군 쪽이지요."

"여인은 예쁜가?"

"미국 여인들은 하나같이 자신이 아름다운 여자인 것처럼 행동하지요. 또 그게 미국 여성들이 갖는 매력 중의 하나이기도 하고요."

"그렇다면 왜 그쪽 여자들은 자기 나라에 가만히 있지 못하는 게냐? 그들에게 미국은 여성들의 천국 같은 곳이라면서."

"맞아요. 그래서 미국 여성들은 마치 천국을 벗어나려는 이브처럼 그토록 미국을 벗어나기 위해 애쓰는 거겠지요. 아, 더 있다가는 점심 약속에 늦고 말겠네요. 숙부님, 제가 원하던 정보를 알려 주셔서 감사합니다. 저는 새 친구에 대해서는 모든 정보를 알고 싶어 해서 말이지요. 물론 오랫동안 알고 지낸 친구들에게 그런 것은 아니고요."

"그래. 해리, 점심은 어디에서 먹을 거냐?"

"애거서 숙모님 댁에서 먹기로 했습니다. 저와 그레이 군을 모두 초대해 달라고 제가 부탁했지요. 그레이 군은 요즘 숙모님이 너무나 마음에 들어 하는 젊은이랍니다."

"해리, 숙모에게 가서 내 말 좀 전해 주려무나. 다시는 자선 기금 문제로 나를 성가시게 하지 말라고. 그 일이 좋으면 자기만 제대로 하면 될 것이지, 왜 나까지 들들 볶는지 모르겠다. 네 숙모는 그 일을 위해 내가 수표를 써 주는 것 이외에는 전혀 할 일이 없는 사람인 줄 아는 모양이다."

"알았습니다. 그렇게 전해 드릴게요. 하지만 숙모님이 제 말을 받아들이실 것 같지는 않네요. 원래 박애주의자들 중에서 현실적인 감각을 갖춘 사람들은 드물기 때문이지요. 그들은 그런 성정을 타고 난 사람들입니다."

노인은 그 사실을 인정할 수밖에 없어 투덜거리고는 종을 울려 하인을 불렀다. 헨리 경은 인사를 건네고는 벌링턴 가로 향하는 낮은 아케이드를 지나 이내 버클리 광장으로 발걸음을 옮겼다.

그는 이렇게 도리언 그레이의 집안에 대한 이야기를 알게 되었다. 너무나 괴이하고도 현대적인 그 이야기에 헨리 경의 가슴은 계속 일렁거렸다. 자신이 가진 것에 대한 포기를 마다하지 않는 무모한 열정, 얼마 되지 않는 시간이었지만 다분히 만끽했던 행복, 여러 달의 고뇌와 그 끝에 태어난 생명, 갑작스레 목숨을 잃은 어머니와 홀로 남은 아이 곁에서 불던 할아버지의 공포.

그렇다. 이런 흥미로운 성장 배경으로 말미암아 도리언은 뚜렷한 태도를 지니게 되었고, 더욱더 완벽한 인간으로 성장할 수 있었던 것이다. 모든 훌륭한 존재의 이면에는 이처럼 비극적인 면이 숨어 있기 마련이다. 제아무리 흔해빠진 꽃이라도 망울을 피우기 위해서는 삶을 이겨 내는 고통이 있어야만 한다.

어젯밤 그와 저녁을 먹을 때, 그는 마치 놀라기라도 한 것처럼 크게 뜬 눈과 살짝 입을 벌린 입술을 하며 빨간 등불 아래에 앉아 있었다. 그의 모습은 너무나 매력적이었다. 그에게 말을 건네는 것은 마치 독특하고도 미묘한 매력의 바이올린을 연주하는 것과 비슷한 기분을 주었다. 그는 활을 켜는 대로 미묘하게 반응했고, 자신이 그에게 이런 영향을 선사하고 있다는 것이 어떤 다른 일을 하는 것보다도 너무나 매력적으로 다가왔다.

모름지기 진정한 쾌락은 이럴 때 오는 것이다. 자신의 영혼을 우아하게 투영시켜 상대방에게 잠시 머물게 할 때, 자신의 지적인 견해가 열정을 머금고 메아리치는 것을 듣는 일, 자신의 특질을 마치 진귀하고 신묘한 액체처럼 다른 사람에게 흘려보낼 때. 더구나 욕정의 쾌락과 통속적인 목적만을 좇는 이토록 저속하고 한정적인 시대에, 이런 쾌락은 궁극의 즐거움을 만끽할 수 있는 유일한 길일지도 모른다.

이토록 기이한 우연으로 화실에서 만난 이 친구는, 너무나 경외할 만한 인물의 전형(典型) 혹은 적어도 그럴 만한 인물로 충분히 성장할 수 있는 사람이었다. 그는 우아한 데다가 소년 시절에 가질 법한 순수함을 여전히 지니고 있었다. 이는 시간이 흘러도 우리에게 변치 않는 모습을 선사하는 고대 그리스의 조각 같은 아름다움을 보는 듯했다. 누구든지 그와 함께 있다면 못할 일이 없을 것만 같았다. 그는 타이탄(토성의 위성 가운데 가장 큰 크기를 자랑함)도 될 수 있었고, 변변찮은 장난감이 될 수 있을 것도 같았다. 그런 아름다움도 결국 언젠가는 빛을 잃게 된다는 것은 얼마나 통탄할 노릇인가.

한편 바질 또한 심리학적 관점에서 볼 때 얼마나 흥미로운 사람인가. 자신의 모습을 제대로 깨닫지 못한 소년 미가 가득한 청년을 만나, 그 모습에 영감을 얻어 새로운 예술 양식을 창조하고, 게다가 인생을 새로이 바라보는 시각을 가지게 되다니. 어두운 숲에서 눈에 띄지 않게 돌아다니던 가련한 영혼이 그를 만나, 마치 숲의 요정처럼 본디 모습을 발현한 것이 아니겠는가. 그것은 바질의 직관, 그가 그런 영혼을 찾아다니며 깨어난 그의 놀라운 직관 때문에 가능했던 일이었다. 이를 테면 단순한 모양과 무늬를 지닌 사물이 그의 손을 거쳐 섬세하면서 상징성을 지닌 존재로 재탄생하는 것이다. 실체가 없었던 형상이 실제적인 의미를 얻게 되다니. 이 얼마나 놀라운 일인가!

헨리 경은 역사 속에서 이와 유사한 사례가 있었는지 잠시 생각해 보았다. 이를 처음 해낸 사람은 아마 사유의 예술가인 플라톤이지 않았을까? 더구나 그가 만든 이상적 형태를 소네트(14행의 시구로 구성되는 서양의 문학 양식)처럼 실제적인 조각상으로 빚어 낸 예술가는 미켈란젤로였겠지! 그래, 그도 이런 방식으로 젊은이를 어떤 존재로 창조하고 싶었던 것이다. 나아가 그는 도리언을 지배하고 싶었다. 그리고 이미 반 정도는 그렇게 되어 가고 있었다. 이토록 사랑과 죽음을 지닌 이에게는 사람들을 충분히 매료시키는 무언가가 있었다.

이런 생각을 이어 가던 헨리 경은 갑자기 걸음을 멈추었다. 이윽고 주위의 풍경을 바라보던 그는 자신이 숙모의 집을 멀리 지나쳐 왔다는 사실을 깨닫고는 멍하게 웃으며 길을 되돌아갔다. 그가 현관에 들어서자, 집사가 다른 손님들이 이미 식사하고 있다는 사실을 알려 주었다. 그는 하인에게 모자와 지팡이를 건네고 식당으로 향했다.

"해리, 역시나 평소처럼 늦게 왔구나."

숙모는 그를 보고 고개를 저으며 말을 건넸다. 그는 넉살 좋게 이러저러한 핑계를 대고는 숙모 옆에 앉아 주변을 둘러보았다. 마침 식탁의 맨 끝자리에서 도리언이 고개를 숙여 수줍게 인사를 건넸다. 그는 마치 좋은 일이라도 있는 것처럼 붉이 발그레해졌다. 맞은편에는 할리 공작 부인이 앉아 있었다. 그녀는 특유의 온화한 성품을 지니고, 공작 부인이 아니었다면 다른 사람 모두가 기골이 장대하다고 평했을 만큼 큰 골격을 지닌 사람이었다. 오른편에는 급진당 당원인 토머스 버든 경이 앉아 있었다. 이중적이고 기만적인 성격을 지닌 그는, 공적인 때에는 자기 당의 지도자의 의견을 따르다가도 사적인 때에는 최고급 식당을 찾아다니며 토리당 사람들과 자유주의적 의견을 나누는 사람이었다. 공작 부인의 왼편으로는 다분한 매력과 교양을 겸비한 어스킨 씨가 앉아 있었다. 그의 단 한 가지 단점은 말없이 침묵하기 일쑤라는 것이었다. 언젠가 그는 애거서 숙모로부터 자신은 이미 모든 할 말을 30세 이전에 마쳐 버렸기 때문에, 더 이상 할 말이 없어 침묵할 수밖에 없다고 설명했다는 말을 들은 적이 있었다. 헨리 경의 바로 옆자리에는 애거서 숙모의 오랜 벗인 밴들로 부인이 자리하고 있었다. 그녀는 거룩한 성인으로 통할 정도로 덕망이 높았지만, 유난히도 촌스러운 옷차림 때문에 그녀를 보면 혹시 제본이 잘못된 찬송가집을 들고 있는 것은 아닐까 염려가 들 정도였다. 밴들로 부인의 맞은편에는 포델 경이 앉아 있었는데, 그는 지적인 중년이었지만 국회 의원이 성명서를 읊조리는 것처럼 한 마디 한 마디가 따분했다. 밴들로 부인은 진지한 표정으로 포델 경과 열띤 대화를 나누고 있었다. 그들은 모든 선량한 사람이 빠져들 수밖에 없는, 아니 어느 누구도 피해 갈 수 없는 잘못은 무엇인지에 대해 이야기를 나누는 듯했다. 헨리 경도 언젠가 한번 이야기를 나누었던 대화 주제였다.

그를 본 공작 부인은 큰 소리로 그에게 말했다.

"헨리 경, 어서 와요. 우리는 지금 가엾은 다트무어에 대해 이야기를 나누고 있었답니다. 정녕 다트무어가 그 여성과 결혼할 것 같나요?"

"공작 부인, 저는 그녀가 다트무어에게 청혼하기로 마음먹은 걸로 알고 있습니다."

그러자 애거서 부인이 외쳤다.

"아, 정말 끔찍해! 누가 좀 그 친구를 뜯어말려 줄 수 없나요?"

토머스 버든 경은 거드럭거리며 말했다.

"제 소식통으로부터 들은 바에 따르면, 그녀의 아버지는 미국에서 피륙을 판다고 들었습니다."

"아, 그런가요? 제 숙부님께서는 돼지고기 통조림을 파신다고 하시던데요."

"피륙? 대체 미국에서 파는 피륙은 어떤 것들이지요?"

그 말에 깜짝 놀란 공작 부인은 두 손을 들어 올리고는 '어떤 것들이지요?'에 힘을 주어 말했다. 그러자 헨리 경이 메추라기 고기를 먹으며 말했다.

"미국 소설 같은 거겠지요, 뭐."

공작 부인은 그 말을 듣고 잠시 당황해했다. 그러자 애거서 부인이 그녀에게 속삭였다.

"공작 부인, 쟤가 하는 말에는 일일이 신경 쓰지 않으셔도 됩니다. 주로 허튼소리를 많이 하거든요."

그러자 버튼 경은 다시 지루하기 그지없는 대화를 늘어놓기 시작했다. 처음 미국이 발견되었을 때의 이야기를 철저하게 파헤치려는 듯했는데, 그 대화는 청자들을 너무나 피로하게 했다. 이내 공작 부인이 자신의 권한으로 그의 말을 가로막으며 크게 말했다.

"아, 요즘에는 우리 영국 여인들이 기회를 못 잡는 것 같아요. 분명 미국 때문이겠지요. 이건 대단히 불평등한 거 아니겠어요?"

그러자 웬일로 어스킨 씨가 입을 떼었다.

"어떻게 보면, 미국은 발견한 것이 아니라 그저 찾아낸 것에 불과하지요."

그 말에 공작 부인이 말을 얼버무리며 말했다.

"어쨌든 제가 미국에 사는 사람들을 본 적이 있었는데요. 솔직히 말하면 그들 대부분의 외모가 꽤나 훌륭하더군요. 옷도 잘 입고요. 파리에서 옷을 공수해 온다고 하던데, 저도 그랬으면 좋겠어요."

"선량한 미국인은 죽고 난 후에 파리로 간다는 말이 있지요."

토머스 경은 웃음을 터뜨리며 말했다. 그는 의류 수거함에 있는 옷들을 분별없이 꽤 보유하고 있는 사람처럼, 누가 사용하고 버린 우스갯소리를 무차별적으로 주워 제멋대로 쓰곤했다.

"그럴 리가요. 그렇다면 악한 미국인들이 죽는다면 어디로 가나요?" 공작 부인이 말했다.

"미국으로 가겠지요." 헨리 경이 중얼거리며 말했다.

그러자 토머스 경은 불쾌한 기색을 보이며 애거서 부인에게 말했다.

"부인, 댁의 조카는 그 위대한 나라에 대해 꽤나 반감을 가진 듯하네요. 저는 의전 차량을 타고, 미국 전역을 둘러본 적이 있었습니다. 그곳에서 만난 대부분 사람은 너무나 공손하더군요. 분명 그런 나라를 여행해 보는 것도 그에게 산 교육이 될 겁니다."

그때 어스킨 씨가 탄식하며 말했다.

"하지만 교육을 받자고 시카고 같은 곳까지 가야 하나요? 그런 식의 여행이라면 저는 절대로 떠나고 싶지 않네요."

"어스킨 씨는 책으로 세상을 배우신 분이지요. 하지만 우리 같은 사람들은 세상을 책이 아닌, 두 눈으로 직접 경험하고 싶어 합니다. 미국인들은 꽤나 흥미로운 사람들이거니와 또 대단히 이성적인 사람들입니다. 내가 장담하지요."

그때 헨리 경이 소리치며 말했다.

"더 이상은 못 듣겠네요, 정말. 저는 과격한 폭력은 견딜 수 있지만, 과격한 이성은 참을 수 없습니다. 맹목적으로 이성을 추구하는 것은 곧 불공정한 면을 용인하겠다는 뜻이지요. 지성을 내세우며 폭력을 행사하는 꼴이라니!"

"당최 무슨 말인지 못 알아듣겠네." 토머스 경은 그 말에 얼굴이 벌게지며 외쳤다.

"헨리 경, 난 무슨 말인지 알겠네." 어스킨 씨는 옅은 미소를 보이며 작게 말했다.

그러자 또다시 준 남작인 토머스 경이 응수했다.

"역설이라는 게 어떤 경우엔 타당할 수도 있지만 지금은……."

그 말에 또다시 어스킨 씨가 답했다.

"방금 전 말이 역설이던가요? 저는 그렇게 생각지는 않았지만, 또 말씀을 듣고 보니 어쩌면 역설일지도 모르겠다는 생각이 드는군요. 그래요. 역설적인 방식은 곧 우리가 진리에 이르는 지름길일 수도 있을 겁니다. 진실을 시험해 보기 위해서는, 그것을 팽팽한 밧줄 위에 올려놓아야만 하지요. 그래야 비로소 진실이 그 팽팽한 밧줄 위에서 곡예를 잘 할 수 있는지 우리가 판단할 수 있는 것입니다."

그때 애거서 부인이 끼어들며 말했다.

"아이고, 하여튼 남자들이란 뭘 그리 사사건건 언쟁하기를 좋아하는지! 저는 당신들의 말을 좀처럼 알아듣지 못하겠네요. 해리, 나는 또 너 때문에 지금 속이 썩을 지경이야. 너는 왜 우리 아름다운 도리언 씨에게 자선 활동을 그만두라고 하는 거야? 저분은 우리에게 꼭 필요한 분이라고. 사람들은 그의 피아노 연주를 무척 기뻐할 거다."

"그 연주는 그레이가 제게만 들려주었으면 좋겠네요."

헨리 경은 미소를 지으며 답했다. 도레이는 그런 그를 환한 웃음으로 바라보고 있었다.

"그렇게 되면 화이트채플에 있는 분들이 크게 실망하지 않겠니."

그러자 헨리 경은 그 말이 못마땅한 듯 말을 이었다.

"저는 고통을 제외한다면, 다른 감정은 충분히 동정할 수 있어요. 하지만 고통은 절대 동정할 수 없어요. 고통이란 건 너무나 무섭고 비루하며, 또 기분을 우울의 늪으로 빠뜨리게 하지요. 현대인들이 보여 주는 고통에 대한 동정심은, 사실 꽤나 병적인 면이 내재돼 있다는 말입니다. 우리가 공감해야 하는 것은 삶의 아름다움과 기쁨이어야 해요. 삶의 상처에 대해서는 쉽게 동정하지 않는 것이 더 이롭단 말입니다."

그러자 토머스 경이 짐짓 심각한 표정으로 고개를 가로저으며 말했다.

"하지만 빈민가에 대한 문제는 무척 중요하지."

"물론입니다. 하지만 지금 숙모님은, 단지 노예 제도의 문제가 있다면 노예들의 기분을 풀어 주면 된다는 식의 접근과 비슷하다는 겁니다."

"자네는 그럼 어떻게 이 문제를 해결해야 한다고 생각하나?"

"저는 날씨 말고는 영국의 그 무엇도 바뀌기를 바라지 않습니다. 그저 철학적으로 사색하는 것에 너무나 만족하고 있는 걸요. 하지만 우리는 너무 동정심에 과도한 지출을 하는 바람에 파산에 이르고 말았으니, 이제는 그것을 바로잡기 위해 과학을 활용해야 한다고 감히 말씀드리고 싶습니다. 감성은 우리를 잘못된 길로 들어서게 하지만, 과학은 아예 감성적인 면 자체가 없지요."

"하지만 우리에게는 크나큰 책임이 있지요." 그 말에 밴들로 부인이 머뭇거리며 말했다.

"맞습니다. 아주 중대한 책임이지요." 애거서 부인은 공감하며 말했다.

헨리 경은 다시 어스킨 씨를 바라보며 말했다.

"이 세상의 원죄가 있다면, 인간은 인간 스스로를 너무 심각하게 바라보는 경향이 있다는 겁니다. 동굴 안에 살던 고대 원시인이 만약 제대로 웃는 법을 깨우쳤다면, 역사는 분명 달라졌겠지요."

그러자 공작 부인이 한껏 달아오른 목소리로 헨리 경에게 말했다.

"당신 말씀을 들으니 내 마음 한구석이 편해지는 기분이 드네요. 사실 나는 빈민가 같은 문제에는 전혀 관심이 없거든요. 그래서 당신 숙모를 보러 올 때면 공연히 죄책감 같은 감정이 들기도 했어요. 하지만 이제는 그러지 않고 부인과 떳떳하게 이야기를 나눌 수 있을 것 같네요."

"공작 부인, 부인은 얼굴을 붉히시는 게 꽤나 매력적이시군요."

"아휴, 그것도 젊었을 때에 국한될 뿐이지요. 이제 저 같은 늙은이에게 그런 얼굴은 몸에 좋지 않은 신호일 뿐입니다. 헨리 경, 혹시 내가 젊음을 되찾을 방법이 있다면 알려 줄 수 있을까요?"

"음, 공작 부인. 혹시 젊은 시절에 저질렀던 나쁜 짓이 생각나시는지요."

"물론이에요. 헤아릴 수 없이 많은 걸요."

"그렇다면 그 악행들을 다시금 저질러 보세요! 누구든지 젊은 시절로 돌아가고 싶다면, 그저 어리석었던 과거 자신의 행각들을 반복하기만 하면 됩니다."

"하하, 꽤 흥미로운 말씀이군요. 꼭 한번 해 보도록 하지요."

그러자 토머스 경이 그동안 굳게 다물고 있던 입술을 떼며 말했다.

"무슨 말도 안 되는 위험한 이야기를 하는 건가!"

애거서 부인은 그 말에 고개를 가로저었지만 내심 즐거워하고 있었고, 어스킨 씨는 그저 가만히 그 말을 듣고 있을 뿐이었다. 이내 헨리 경이 말을 이었다.

"하지만 이것은 분명 삶의 위대한 비밀 가운데 하나일지도 모릅니다. 현대인들은 자기도 모르게 삶을 옥죄는 여러 상식 때문에 괴로움에 빠집니다. 하지만 절대 후회하지 않을 유일한 사실은, 자신이 과거에 저질렀던 실수뿐이라는 상식은 너무도 뒤늦은 후에야 깨닫지요."

식탁에 있던 사람들은 조용히 웃음을 터뜨렸다.

헨리 경은 이런 말을 늘어놓으며, 자신의 의도대로 생각을 마음껏 유연하게 풀어놓았다. 그는 어떤 생각을 식탁 위로 던져 다른 모양으로 바꾸기도 했고, 그 생각을 풀어 주었다가 다시 꼭 붙들고 있기도 했다. 그리고 상상을 덧입혀 그 생각에 무지갯빛 색을 칠하고는 역설이라는 날개를 달아 날려 보내기도 했다. 그 말이 계속 이어지며 어리석음에 대한 예찬은 어느새 철학의 영역으로 향했고, 그러다가 철학의 영역은 어느새 광기 어린 쾌락의 선율로 바뀌었다. 그는 마치 포도주로 얼룩덜룩한 옷과 담쟁이덩굴로 만든 관을 쓴 바쿠스(그리스 신화에 나오는 술의 신)의 사제처럼 인생의 언덕 위에 올라가 덩실덩실 춤추며, 맨 정신으로 살아가려는 자신의 양아버지를 비웃는 듯했다.

그가 주창하는 철학 앞에서 겁에 질린 사실들은 마치 가장 아래편 먹이 사슬에 있는 짐승들처럼 도망치기 바빴다. 철학의 하얀 발은 오마르(페르시아의 천문학자이자 시인)가 앉아 있던 커다란 압착기를 꾹 밟았다. 그러자 포도즙은 자주색 거품으로 끓어오르며 벌거벗은 철학의 사지 주위로 솟아오르기도 했고, 붉은색 기포를 내뿜으며 솟아나 통의 옆구리를 타고 마치 눈물처럼 떨어지기도 했다. 헨리 경은 도리언의 눈이 오직 자신만을 바라보고 있는 것을 느꼈다. 그는 이제 자신의 말을 듣는 사람 중 오로지 한 사람만을 매료시켜야겠다는 생각이 들었다. 그렇게 즉흥적으로 튀어나오는 그의 말은, 더욱더 예리해지고 다채로워졌다.

그는 낭만적이고 박학다식했지만, 너무나 무책임한 사람이었다. 그의 이야기는 언제나 듣는 이의 혼을 쏙 빼놓게 했고, 청중은 마치 피리에 자연스레 반응하는 사람들처럼 그에게 이끌렸다. 도리언 그레이 또한 마법에 빠진 사람처럼 그를 경이롭게 바라보고 있었다.

이윽고 현실이 하인의 모습을 하고 들어와, 공작 부인의 마차가 밖에서 기다리고 있다고 알려 주었다. 그녀는 하인의 말을 듣기 귀찮다는 듯 손사래를 치며 말했다.

"아이참, 이제 가 봐야겠네요. 남편과 함께 윌리스 홀에서 열리는 시답잖은 모임에 가야 하거든요. 아마 그 모임에서 남편이 회장을 맡을 듯해요. 그러니 만약 제가 늦는다면, 남편은 아주 성화를 부리겠지요. 이 보닛(턱 밑에서 끈을 매게 만들어진 모자)은 또 어찌나 약한지! 아마 모진 말 한마디로 모양이 틀어지고 말 거예요. 애거서 부인, 이제 저는 가 볼게요. 헨리 경, 잘 있어요. 당신은 무척 유쾌하면서도 사람을 꽤 당혹스럽게 만드는 재능을 타고난 듯해요. 당신의 의견에 대해 제가 뭐라 답해야 할지 잘 모를 정도니까요. 그러니 언제 한번 우리 집에서 식사나 같이하지요. 화요일, 그날 혹시 일정이 있나요?"

"공작 부인과의 만남을 위해서라면, 저는 기꺼이 다른 약속을 모두 물리겠습니다."

"참, 당신은 좋으면서도 이토록 못된 구석이 있단 말이에요. 알겠어요. 그렇다면 그날 꼭 봐요."

공작 부인은 그렇게 말하고는 서둘러 방을 빠져나왔다. 애거서 부인과 다른 부인들도 그녀를 배웅하기 위해 따라 나왔다.

헨리 경도 그녀를 보내고는 다시 자리에 앉았다. 그러자 어스킨 씨가 그의 옆자리에 앉고는 그의 팔을 덥석 잡으며 말했다.

"자네의 말을 들으니 가히 책 한 권은 써도 될 정도 같던데. 이참에 정식으로 책을 써 보는 것은 어떤가?"

"저는 책을 읽는 것을 너무나 좋아할 뿐이지, 쓰는 일에는 별 관심이 없습니다. 하지만 소설이라면 꼭 한 권쯤은 써 보고 싶네요. 마치 페르시아 융단처럼 아름답고도 비현실적인 소설 말이지요. 하지만 이 나라에는 문학을 취미로 둔 사람들이 별로 없어요. 그저 신문이나 기도서, 아니면 백과사전을 읽는 사람들뿐이지요. 세상에서 이 나라 사람들만큼 문학에 대한 아름다움을 찾지 못한 사람들도 드물 거예요."

"안타깝지만 자네 말은 모두 맞는 이야기군, 나도 한때는 문학을 동경하던 소년이었지. 하지만 이미 오래전에 그 꿈을 포기하고 말았네. 내가 자네를 이렇게 불러도 될지 모르겠지만……. 젊은 친구여, 그런데 당신이 방금 전 식사를 나누며 한 얘기가 모두 진심인 건가?"

"하하, 제가 무슨 말을 했는지 다 잊어버리고 말았네요. 혹시 듣기 불편한 점이 있으셨지요."

"그래, 얼마나 불편했는지 몰라. 사실 나는 그 말을 들으며 자네가 아주 위험인물이라는 생각이 들었네. 만약 순진한 공작 부인에게 정말 그 말대로 한다면, 모두 자네의 책임이라고 이야기할 걸세. 하지만 우선 나는 자네와 자네 인생에 대해 이야기를 나누고 싶네. 우리 세대 이야기는 이제 너무나 듣기 지루하거든.

혹시 런던의 생활이 지겹다면, 언제라도 내가 사는 트레들리로 오게. 내게 마침 프랑스 부르고뉴 지방의 포도주가 있으니, 이를 마시면서 이야기나 나누지."

"벌써부터 설레네요. 분명 영광스러운 일일 겁니다. 게다가 훌륭한 주인과 훌륭한 서재가 있는 곳이지 않습니까."

"그곳에 자네가 온다면, 내 서재는 분명 더욱 완벽해질 걸세. 자, 이제 나도 가 봐야겠구먼. 너무나 훌륭한 숙모님과도 이제 인사를 나눠야겠네. 나는 애서니엄(귀족과 각료 등 상류층들이 주로 속한 모임)에 가야지. 그곳에서는 지금쯤 이미 한숨 잘 시간이거든."

"그곳 사람들 모두 잠을 청한다는 말인가요?"

"한 40명쯤 되는 사람들이 각자의 안락한 의자에서 잠을 청하지. 그곳에서 우리는 영국 학술원을 창립하기 위해 열심히 일하고 있다네."

"하하, 그렇군요. 저는 공원에 잠시 나가 봐야겠습니다."

그가 문밖으로 나가려 할 때, 갑자기 도리언 그레이가 덥석 그의 팔을 잡고는 말했다.

"헨리 경, 저도 같이 가요."

"자네는 이미 바질과 약속이 되어 있는 것 아닌가?"

"맞아요. 하지만 저는 지금 당신과 함께 나가고 싶어요. 그리고 제게도 그 이야기를 해 줘요. 당신처럼 유려하게 말하는 사람은 아마 세상에 없을 거예요."

그러자 헨리 경은 미소를 보이며 말했다.

"아, 하지만 오늘은 이미 너무 많은 말을 했는걸. 지금은 그저 삶을 관조하고 싶은 마음뿐이네. 자네만 괜찮다면, 밖으로 나가 삶을 관조하지 않겠나."

4

한 달이 지난 어느 날의 오후, 도리언 그레이는 메이페어에 있는 헨리 경 집의 조그만 서재에서 안락한 의자에 앉아 있었다. 서재가 있는 방은 나름대로 매력적인 요소를 지닌 곳이었다. 올리브 빛깔의 색으로 칠해진 참나무로 만든 고급 널빤지로 벽면의 아래서부터 3분의 1 정도의 높이까지 널을 댄 것, 크림 빛깔이 감도는 색으로 벽을 장식한 것, 도드라지게 조각한 석고가 덧대어진 천장, 마치 페르시아 융단처럼 아름답게 보이는 벽돌색 양탄자 등은 이곳을 나름대로 우아하게 보이도록 했다.

마호가니 나무로 만든 테이블 위에는 프랑스의 조각가 클로디옹이 만든 자그마한 형상이 세워져 있었고, 그 옆에는 클로비스 이브(섬세하고 화려한 제본으로 유명한 프랑스 궁정의 도서 제본가)가 마르그리트 드 발루아(프랑스 왕국의 공주)를 위해 제본한 『신백화집(新百話集)』이 있었다. 이 책은 여왕이 집

안의 상징으로 선택한, 금박을 입힌 데이지로 치장되어 있었다. 또한 벽난로에는 제법 큰 크기의 청색 도자기 몇 점과 패럿 종의 튤립이 가지런히 놓여 있었고, 납으로 마감된 자그마한 유리창을 통해 여름날 런던의 부드러운 살구색 햇살이 흘러들어 왔다.

헨리 경은 아직 이곳에 오지 않았다. 시간을 엄수하는 것은 곧 시간을 빼앗기는 일이라고 말하던 그는 그 원칙에 따라 매번 약속 시간을 지키지 않곤 했다. 다소 뾰로통해진 그는 곧 서재에서 정교한 삽화로 유명한 『마농 레스코(프랑스 소설가 프레보의 반자전적 소설)』를 꺼내 뒤적거리고 있었다. 시간이 어느 정도 지나자, 이제는 단조롭게 째깍째깍 소리를 내는 루이 14세풍의 시계추 소리마저 마음에 들지 않았다. 그래서 그는 그만 가 버릴까 싶은 생각도 몇 번씩이나 들었다.

이윽고 발소리가 들리더니 누군가가 안으로 들어왔다. 그는 짜증이 섞인 목소리로 뒤를 돌아보지도 않고 말했다.

"아, 해리! 왜 이렇게 늦게 온 거예요!"

"그레이 씨, 제가 해리가 아니어서 어쩌지요."

날카롭고 높은 음성을 들은 그는 아차 싶어 얼른 고개를 돌린 후 자리에서 일어났다.

"아, 너무 죄송합니다. 헨리 경이 들어오시는 줄……."

"당연히 남편이 들어올 줄 아셨군요. 저는 헨리 경의 부인 되는 사람입니다. 당신이 어떤 분인지는 익히 알고 있습니다. 남편은 대략 열일곱 장이나 당신 사진을 가지고 있더군요."

"열일곱 장이 아닐 텐데요."

"뭐, 그럼 열여덟 장쯤 되겠군요. 어쨌든 지난번에 우리 남편과 극장에 계신 모습을 보았습니다." 그녀는 마치 성질을 부리는 것처럼 웃음을 짓고는 물망초처럼 흐릿한 눈망울로 그를 바라보았다.

그녀는 묘한 기운을 지닌 여인이었다. 그녀는 교회를 열성적으로 다니는 신도였다. 그녀의 옷차림은 마치 격한 감정으로 만들어진 옷을 격정적인 때에 걸쳐 입는 듯한 분위기를 풍겼다. 그녀는 이따금 누군가를 흠모하곤 했지만, 그녀의 열정에 상대방은 늘 반응하는 법이 없었기 때문에 늘 홀로 환상을 간직한 채 살아오고 있었다. 그녀는 우아하게 보이려 애썼지만, 그저 말끔하지 못하게 보일 뿐이었다. 그녀의 이름은 빅토리아였다.

"헨리 부인, 아마 바그너의 〈로엔그린〉 때였을까요?"

"맞아요. 저는 다른 음악가보다도 바그너의 음악을 굉장히 좋아한답니다. 그의 음악은 사실 부산스러운 면이 있어서 저 또한 공연 내내 다른 사람들을 의식하지 않고 떠들 수 있기 때문이지요. 그건 아주 큰 장점이랍니다. 맞지요, 그레이 씨?"

그녀의 입술 사이로 또다시 성질을 부리는 듯한 웃음소리가 새어 나왔다. 어느새 그녀는 거북딱지로 만든 종이칼을 들고는 어수선하게 행동했다. 도리언은 그저 미소를 지으며 고개를 가로저었다.

"부인, 제 생각은 좀 다릅니다. 저는 음악을 듣는 동안에는 전혀 말하지 않지요. 적어도 좋은 음악을 들을 때면 더욱 그렇습니다. 물론 음악이 마음에 들지 않는다면 대화로 그 음악이 안 들리도록 하는 게 맞겠지만요."

"아, 그거 혹시 해리가 하던 말 아닌가요? 맞지요? 저는 그 사람 친구들에게서 그이의 생각을 듣지요. 그게 제 남편의 생각을 알게 되는 유일한 통로랍니다. 그렇다고 제가 뛰어난 음악에 대해 거부감이 있다고 생각하지는 말아 주세요. 좋은 음악을 어떻게 안 좋아할 수 있겠어요. 다만 겁이 나서 그래요. 너무나 좋은 음악을 들으면 제가 너무나 낭만적으로 변해 버릴 것만 같거든요. 저는 피아니스트를 무척 흠모한 적이 있었어요. 해리 말에 따르면 제가 한꺼번에 두 명의 피아니스트를 흠모했다고 하던데, 그 이유가 뭔지는 저도 잘 모르겠네요. 아마 그들이 외국 사람이라 그런 것 아닐까요. 피아니스트들은 모두 외국인인 법이지요. 심지어 영국에서 태어난 사람들도 얼마 후에는 외국으로 국적을 바꾸더군요. 그들로서는 아주 잘한 일일 거예요. 어쩌면 예술에 대한 경의를 표하는 것이자, 예술을 모든 세계의 사람들이 즐기게 하려는 것이지요. 안 그런가요?

참, 그레이 씨는 제 파티에 그동안 참석한 적이 없으셨지요? 이참에 한번 오세요. 제 파티에는 비록 난초를 마련할 여유는 없어도, 외국의 음악가들을 초청하는 데에는 돈을 아끼지 않는답니다. 그 사람들은 연주하기만 해도 마치 한 폭의 그림처럼 연회장을 아름답게 만드는 마력을 지녔지요. 어머, 저기 해리가 오네요!

해리! 내가 당신에게 뭘 물어보려 하는데…… 아, 잊어버렸네요. 이곳에서 조금 전 그레이 씨를 마주했답니다! 우리는 음악에 대해 다양한 이야기를 나누었지요. 우리는 거의 똑같은 생각을 하고 있더라고요. 아니, 거의 달랐던 것 같기도 하고요. 하지만 그레이 씨가 정말 아름다운 분인 것만은 분명해요. 이렇게 그레이 씨를 만나다니 정말 기뻐요!"

"여보, 잘했어. 나도 기분이 좋네."

헨리 경은 초승달 모양의 짙은 눈썹을 치켜 올리고는 흡족한 표정으로 두 사람을 보았다.

"도리언, 너무 늦었지. 피륙 한 필을 사려고 워더 가까지 갔는데, 그만 흥정하느라 너무 오랜 시간을 보내고 말았네. 하여간 요즘 사람들은 어떤 것이든 가격에 대해서는 관심을 가지면서도 가치에 대해서는 도통 알지 못한다니까."

그때 갑자기 헨리 부인이 바보처럼 멍하니 웃음을 터뜨리고는 큰 소리로 말했다.

"자, 이제 저는 그만 가 봐야겠어요. 공작 부인과 마차를 타기로 약속을 해 놓았지요. 그레이 씨, 잘 지내요. 당신도 이따 봐요. 아마 당신도 저녁은 밖에서 먹겠지요? 아마 나도 그럴 것 같은데, 그러면 우리는 손베리 부인 댁에서 만날 수도 있겠네요."

"아마 그렇게 되겠지."

마치 밤새 비를 맞은 극락조처럼 희미한 재스민 향을 남긴 채 그녀가 방에서 나가자, 헨리 경은 문을 꼭 닫고 담뱃불을 붙이고는 소파에 털썩 앉았다. 그는 담배를 피며 탐탁지 않게 말을 이었다.

"도리언, 밀짚 빛깔의 머리카락을 지닌 여인과는 절대 결흔하지 않는 게 좋을 거야."

"왜지요?"

"그런 여인들은 너무 감상적이거든."

"저는 그런 사람들이 좋던데요."

"여하튼 누구라도 절대 결혼하지 말게. 자고로 남자들은 지친 끝에 결혼하고, 여인들은 호기심 끝에 결혼하니까. 그렇게 되면 두 사람 모두 실망하는 법이지."

"해리, 저는 아무래도 결혼할 것 같지는 않아요. 누군가를 사랑하기도 벅찬 데 말이지요. 이 말도 아마 당신이 했던 말이지요. 저는 당신이 말한 대로 모두 따르고 있으니, 당연히 이 말에도 오롯이 따를 것 같아요."

헨리 경은 잠시 생각에 빠졌다가 말을 이었다.

"사랑에 빠진 사람이라도 있는 건가?"

그러자 홍조를 띤 도리언이 말했다.

"배우를 하는 여인과 사랑에 빠졌지요."

"음, 첫사랑의 상대로서는 꽤 진부하군."

"해리, 그녀를 보면 절대 그렇게 말하지 못할 겁니다."

"이름이 뭔데 그러나?"

"시빌 베인이에요."

"음, 처음 듣는데."

"맞아요. 아직 그녀가 유명한 인물은 아니니까요. 하지만 결국 사람들은 그녀의 이름을 알게 되겠지요. 그녀에게는 가히 천부적인 재능이 있거든요."

"아니, 정녕 여인들 가운데 천재가 있다고 여기는 건가? 그들은 그저 장식적인 인물에 지나지 않지. 그들의 말은 휘황찬란하지만 알맹이는 빠져 있단 말이네. 남자는 도덕에 대한 정신의 승리를 상징하고, 여인은 지성에 대한 물질의 승리를 상징하는 존재지."

"해리, 대체 어떻게 그런 말을 할 수 있어요……."

"이 말은 사실에 가깝네. 내가 요즘 여성에 대해서 나름의 분석을 한 끝에 얻은 결론이지. 꽤 어려울 듯했지만 생각보다 어렵지 않았어. 결국 모든 여인은 두 부류로 나뉘지. 꾸미지 않는 여인과 꾸미는 여인으로 말이야. 꾸미지 않는 여인들은 꽤나 유용해. 자네가 존경을 얻고 싶다면 그런 여인들을 저녁 식사에 초대하면 되겠지. 반면 꾸미는 여인들은 외면으로는 너무나 아름답지만 너무나 치명적인 한 가지 실수를 하곤 하네. 그들은 단지 젊어 보이기 위해 자신을 치장하기에 여념이 없다는 거지. 예전 할머니 세대에서는 말을 멋지게 하기 위해 화장했거든. 립스틱을 바른다는 건 곧 재치를 함양한다는 걸 의미했거든. 하지만 이제 그런 정신은 사라지고 말았어. 그런 여인들은 자기 딸보다도 열 살이나 어려 보여야 만족한다지. 그거면 되는 거지. 그렇기 때문에 우리가 진정 대화를 나눌 수 있는 여인은 이 런던에서 고작 다섯 명 정도 될까 싶은데. 또 그중에서도 세 명 정도만이 기품 있게 대화를 나눌 수 있겠지."

"해리, 너무 그들을 매도하는 건 아닌지요."

"이 말에는 크게 신경 쓰지 않아도 되네. 그나저나 자네가 재능이 있다고 여기는 그 여인에 대한 이야기가 궁금하네. 만난 지는 얼마나 된 건가?"

"대략 3주 정도 됐네요."

"어떻게 알게 된 거지?"

"해리, 모두 말씀드리지요. 그러니 제 얘기는 그토록 냉담하게 들어 주지 않으셨으면 해요. 아마 당신을 만나지 않았더라면 이 일도 일어나지 않았겠지요. 당신은 제게 삶의 모든 것을 알아야 한다는 욕망을 심어 놓으셨지요. 그 얘기를 들은 후 며칠 동안 저는 제 모든 피가 끓어오르는 듯한 기분이 들었어요. 공원을 거닐 때나 피커딜리 거리를 걸을 때, 저는 유심히 행인들을 바라보며 저 사람들은 어떤 인생을 살고 있을지 매우 궁금해졌어요. 어떤 이들에게는 몹시 공포를 느끼기도 했고, 또 어떤 이들에게는 순식간에 매혹되기도 했지요. 마치 독약 같은 기운이 퍼져 온갖 감정들이 저를 마구 헤집어 놓는 듯했지요.

그러던 어느 날…… 아마 저녁 7시쯤이었을 거예요. 그때 저는 불현듯 모험을 해 보고 싶다는 기분이 들어 밖으로 나갔어요. 언젠가 당신이 말했지요. 이토록 수많은 사람 속에 추악한 악인들과 경악스러운 죄악으로 가득 찬 이 잿빛 도시에서도 분명 저를 위해 무언가를 마련한 게 있을지도 모른다고. 그러니 제 상상력은 더욱더 솟구쳤어요. 혹여나 위험한 일을 맞닥뜨리더라도 그저 즐겁게 여겨졌지요. 또 저는 우리가 처음 만나 밥을 먹던 그 저녁에 당신이 했던 말을 떠올렸어요. 아름다움을 추구하는 것이 우리 인생의 진정한 비밀을 찾는 길이라는 그 말이요. 지금 돌이켜 보면, 제가 그때 정확히 무엇을 기대하고 밖을 나섰는지는 잘 모르겠네요.

　어쨌든 그렇게 저는 무작정 밖으로 나가 동쪽 방향으로 가
보기로 했어요. 그러다가 이내 지저분한 쓰레기가 나뒹구는
거리와 잔디 하나 없는 광장이 뒤섞인 어지러운 곳에서 그만
길을 잃고 말았어요. 그러던 중 8시 30분 정도가 되자, 저는
유난히도 촌스러워 보이는 자그마한 극장 옆을 지나가게 됐
어요. 가스등 같은 불꽃이 타오르고, 우스꽝스러운 전단지가
덕지덕지 붙어 있는 곳이었지요. 그 앞에는 제가 난생처음 보
는 괴이한 양복 조끼를 입은, 게다가 섬뜩한 표정을 짓는 유
대인이 싸구려 담배를 피우고 있었어요. 그는 머릿기름이 번
들거리는 곱슬머리였고, 때로 얼룩진 셔츠를 입었으며, 그 한
가운데에는 그와 전혀 어울리지 않는 큰 다이아몬드가 있었
지요. 그는 저를 보자, 갑자기 제게 아첨하려는 듯이 모자를
벗으면서 특별석이 있으니 연극을 보러 오라고 권하더군요.
그자는 분명 끔찍하게 생겼지만, 그처럼 특이한 모습은 제 관
심을 끌었지요. 아마 당신은 비웃으실 수도 있지만, 결국 저
는 극장 안에 들어가 1기니를 내고 특별석에 자리했답니다.
하지만 제가 그 순간 그렇게 하지 않았다면, 저는 그야말로
일생일대의 로맨스를 놓치고 말았겠지요. 아니, 정말 비웃으
시는 건가요? 너무하시네요, 진짜!"

　"도리언, 내가 어찌 자네를 비웃겠나. 하지만 일생일대의
로맨스라는 그 말을 듣고는 조금 웃을 수밖에 없었네. 굳이
말하고 싶다면, 나의 첫 번째 로맨스라고 표현하는 게 더 적
확할 것 같은데 말이야. 자네는 목숨을 다할 때까지 사랑을

받을 것이고, 사랑이라는 대상과 사랑을 나누겠지. '크나큰 열정'이라는 건 결국 할 일 없는 사람들이 누릴 수 있는 혜택 같은 것이지. 그것이야말로 이 나라에 더 할 일 없는 사람들이 많이 필요한 이유이기도 하지. 너무 하나하나 그렇게 겁내지 말게나. 앞으로의 인생에서 자네를 기다리는 일은 많고도 많을 거네. 지금은 그저 시작에 불과하지."

그러자 그레이가 버럭 소리를 지르며 물었다.

"제 천성이 아직 깊지 않다고 생각하시는 건가요?"

"아니네. 오히려 그 반대지. 나는 자네 천성이 아주 심오하다고 생각해."

"무슨 뜻인가요?"

"단 한 번의 사랑을 하는 사람들이야말로 깊지 않은 사람들이지 않겠나. 그들은 그걸 헌신이나 '곧은 절개' 같은 표현으로 부르려고 하겠지만, 나는 그저 무기력한 관습의 반복, 그리고 빈곤한 상상력의 말로라고 볼 뿐이네. 감정적인 인생에서 충실하게 산다는 것은, 일관된 지성을 고집스럽게 지키려는 것과 같지. 다시 말해, 자신의 인생이 실패작이라는 걸 자인하는 꼴이라는 것이네.

충실함이란! 나는 언젠가 꼭 이를 하나하나 분석해 내고 말 것이네. 결국 그 태도 안에는 소유에 대한 강한 집착이 내재돼 있는 걸세. 우리가 만약 어떤 물건을 다른 사람이 주워 가도 상관없다고 여긴다면, 우리가 버릴 물건은 한두 가지가 아니겠지. 아차, 더 이상 자네 말을 끊으면 안 되겠구먼. 계속 얘기해 주게."

"알겠어요. 그래서 저는 그렇게 무대막 바로 앞에 놓인 특별석에 앉게 되었지요. 아직 연극 시작 전이라, 잠시 막을 들추어 보았는데 너무나 싸구려로 볼 수밖에 없는 무대였어요. 웬 큐피드 인형과 뿔 모양 장식품으로 범벅이 되어 있더라고요. 싸구려 결혼 케이크도 그 정도로 허접하지는 않을 거예요. 그래도 위층 관람석과 1층의 보통 관람석에는 이미 관객이 가득 차 있었어요. 하지만 그들이 일등석이라고 부르는 무대 앞 두 줄은 텅 비어 있었고, 제가 앉은 특별석에는 사람이 거의 없었지요. 여인들은 진저에일과 오렌지를 든 채 이곳저곳을 다녔고, 남자들은 땅콩을 엄청 요란하게 먹어 대곤 했어요."

"마치 영국 연극이 한참 성행하던 시절을 보는 듯하네."

"맞아요. 그러니 갑자기 기분이 우울해졌어요. 대체 내가 왜 이 자리까지 왔는지 스스로도 납득이 가지 않더라고요. 그때 마침 연극 광고 전단을 보게 됐어요. 해리, 제가 무슨 연극을 봤을 것 같나요?"

"음, 〈천치 같은 소년〉 아니면 〈아둔하지만 착한 아이〉 정도 아니었을까. 딱 우리 아버지 세대가 그런 류의 연극을 좋아하곤 하셨지. 도리언, 내가 살다 보니 드는 생각이 하나 있네. 아버지 세대에 좋았던 것들이 우리 세대에게는 죄다 좋지 않은 것만 같다는 느낌이 차츰 강하게 들고 있어. 정치는 물론이거니와 예술에서도 그렇지. 역시나 'les grand pères ont toujours tort(할아버지는 항상 틀린다).'라는 말이 틀리지 않았다니까."

"하지만 그날의 연극은 〈로미오와 줄리엣〉이었어요. 우리가 너무나 좋아하는 갈래의 연극이었지요. 물론 그렇게 허접한 무대에서 상연될 연극을 볼 생각을 하니 눈앞이 캄캄했지만요. 하지만 그래도 무슨 이유에서인지 알 수 없는 흥미가 느껴지기도 했어요. 아무튼 그렇게 어서 1막이 시작되기를 기다렸지요. 마침내 변변찮은 피아노 앞에 앉은 유대인이 지휘를 시작했는데, 얼마나 찢어지는 소리가 났는지 금방이라도 자리를 뛰쳐나가고만 싶었어요. 이내 막이 오르고, 본격적인 연극이 시작되더군요. 로미오 역할은 어이없게도 통통한 체형의 중년 남성이 맡았는데, 그는 코르크 먹으로 눈썹을 검게 칠하고는 쉰 목소리를 내기 바빴지요. 머큐쇼(로미오의 친구) 또한 아주 볼품없었어요. 천박해 보이는 희극 배우 같았는데, 그는 제멋대로 막돼먹은 애드리브를 늘어놓기도 했지요. 심지어 1층 관객들과 아는 척을 하기도 했어요. 두 배우 또한 무대 배경만큼이나 형편없었어요. 마치 시골의 오두막에서나 볼 법한 광경이었지요.

하지만 줄리엣! 그녀는 너무나 달랐습니다. 해리, 상상해 보세요. 아직 열일곱이 채 안 된 어리고 예쁘장한 소녀를 말이지요. 게다가 꽃송이같이 작고 아름다운 얼굴, 짙은 갈색 머리카락을 땋아 마치 그리스 조각처럼 느껴지는 머리, 그리고 열정으로 가득 찬 자줏빛의 눈, 붉은 장미를 닮은 입술, 분명 그동안 제가 보았던 것들 중 가장 아름다운 존재였어요. 해리, 언젠가 당신이 이런 말을 했어요. 비탄의 감정은 어떤 감흥도 불러일으키지 않지만, 아름다움은 그저 아름다움 때문에 두 눈에 눈물이 가득 차오르도록 한다고요. 딱 제가 그 심정이었어요. 갑자기 눈물이 벅차올라 그녀를 제대로 바라볼 수 없을 지경이었어요. 또한 그녀의 목소리! 저는 태어나서 그렇게 아름다운 목소리를 들어 본 적이 없었어요. 처음에는 그윽하게 낮은 소리로 시작된 그의 말은 점차 커지며 마치 아름다운 플루트나 오보에의 선율처럼 들리더군요. 정원에서 사랑을 속삭이는 그 장면을 연기할 때는, 마치 동트기 전에 들리는 나이팅게일의 소리처럼 너무나 저를 황홀하게 만들었어요. 나중에는 열정적인 바이올린 선율 같은 소리도 들을 수 있었지요. 아아, 당신은 오직 목소리 하나가 사람의 마음을 이토록 흔들 수 있다는 걸 이해할 수 있을까요?

저는 당신, 그리고 시빌 베인의 목소리는 절대 잊지 못할 겁니다. 눈을 감으면 두 사람의 목소리가 동시에 들려오는데, 제가 어느 말에 귀를 기울여야 하는지 괴로울 지경이에요. 제가 그녀를 사랑하지 않을 이유가 어디 있겠어요? 해리, 저는 그녀를 정말 사랑합니다. 이제 그녀는 제 인생의 전부예요. 저는 매일 밤마다 그녀가 나오는 연극을 보러 갑니다. 그녀는 어느 날에는 로잘린드(셰익스피어의 「뜻대로 하세요」에 나오는 슬기로운 인물)가 되었다가, 또 어느 날에는 이모진(셰익스피어의 「심벨린」에 나오는 주인공)이 됩니다.

그렇게 저는 다양한 연령층과 다양한 배역을 모두 소화하는 그녀의 모습을 보았어요. 보통 여성들은 상상력에 한계라는 게 있기 마련이지요. 그들은 우리 시대 이외에 다른 시대를 살아갈 수는 없으니까요. 아무리 한껏 화려하게 치장하더라도, 그들의 생각 자체를 크게 변화시킬 수는 없어요. 대부분은 자신들이 쓰고 다니는 보닛처럼 마음이 훤히 보이곤 해요. 그런 여인들은 너무나 흔하지요. 아침이 되면 공원에서 말을 타고, 오후에는 티 파티를 열며 수다를 떨곤 하는 그런 뻔한 사람들 말이에요. 그들은 그저 한결같은 미소를 짓고 유행을 좇으며 살아가지요. 도저히 신비한 구석이라고는 찾아볼 수 없어요.

하지만 배우는 달라요! 해리, 사랑할 가치가 있는 유일한 존재가 배우라는 사실을 왜 그동안 알려 주지 않았던 건가요?"

"도리언, 그건 내가 너무나 많은 배우를 사랑해 봤기 때문이네."

"아, 알겠네요. 그저 머리를 염색하고 자기를 한껏 치장하기 바쁜 사람들 말씀이군요."

"도리언, 그런 사람들을 싸잡아 보지 말게나. 그들에게도 나름의 매력이 있는 법이라네."

"아아, 제가 시빌 베인에 대해 얘기하지 않는 게 더 나을 뻔했네요."

"도리언, 하지만 언젠가는 내게 이 말을 꺼냈을 거야. 그리고 자네는 앞으로도 내게 모든 일을 말하게 되겠지."

"그래요. 인정하지 않을 수 없군요. 당신에게는 왠지 모든 일을 말해야만 할 것 같아요. 당신은 이상하리만치 내게 강렬한 영향을 주는 사람이니까요. 설령 제가 악행을 저지른다고 해도 저는 당신에게 모든 사실을 털어놓겠지요. 분명 당신은 그런 나마저도 이해해 줄 수 있겠지만."

"도리언, 자네처럼 고집 있고 인생의 햇살이 비추는 사람은 범죄를 저지를 리 없다는 건 잘 알고 있네. 하지만 그 말은 무척 고맙게 받아들이지. 성냥을 좀 건네주겠나? 고맙네. 자, 그렇다면 이제 조금 더 말해 주게. 시빌 베인과는 어떤 관계를 맺은 건가?"

그 말에 도리언은 얼굴이 벌게지더니 눈빛을 이글거리고는 그를 향해 소리쳤다.

"해리! 시빌 베인은 성스러운 여인이란 말입니다!"

"도리언, 자고로 성스러운 것만이 손을 댈 가치가 있는 법이지."

헨리 경은 왠지 모를 연민의 정을 느끼며 말을 이었다.

"자네가 왜 이토록 화를 내는지 나로서는 알 길이 없군. 결국 그녀가 자네를 사랑하게 되리라는 건 당연한 일이네. 으레 사랑에 빠진 사람들은 늘 자기 자신을 속이는 것부터 시작해서 결국엔 다른 사람을 속이는 것으로 끝나는 법이네. 그게 바로 우리가 로맨스라고 부르는 것의 실체지. 아, 일단 그 친구는 자네의 존재를 알고 있긴 한가?"

"당연하지요. 제가 처음 극장에 갔던 그날, 공연이 끝난 후에 아까 그 섬뜩한 인상의 유대인에 제게 무대 뒤로 가서 그녀를 소개시켜 주겠다고 말했어요. 그래서 저는 벌컥 화를 냈지요. 줄리엣은 죽은 지 200년이 넘었고, 그녀의 시체는 베로나의 대리석 무덤에 놓여 있는데 어떻게 그녀를 볼 수 있겠어요. 제가 그렇게 말하자 그 노인네는 깜짝 놀란 채로 눈을 끔벅끔벅하더군요. 아마 내가 거나하게 취했다고 생각한 모양이에요."

"뭐 그렇게 놀랄 일인가 싶네."

"아무튼 그 사람은 이내 제게 혹시 신문에 글을 기고하는 사람이 아니냐고 묻더군요. 저는 물론 신문 따위는 읽지도 않는다고 말해 줬지요. 그러자 그는 대단히 상심하더니 제게 이런 말을 털어놓았어요. 비평가들이 자신을 망신 주기 위해 갖은 음모를 꾸미고 있는데, 사실 그들은 얼마의 돈만 준다면 모두 자기편으로 끌어모을 수 있는 사람들에 불과하다고 했지요."

"무슨 말도 안 되는 소린가. 하긴, 그들은 외양으로만 본다면 전혀 부유한 사람들은 아니지."

"하지만 그 사람들은 그들을 매수하는 일이 너무나 돈이 많이 드는 까닭에 자신이 할 수 없는 일이라고 여기는 듯했어요. 어쨌든 그때 극장의 불이 모두 꺼졌고, 저는 자리를 떠야만 했지요. 그때 그가 자신이 강력히 추천하는 시가를 제게 한 모금 권했어요. 물론 저는 사양했지요.

그리고 그다음 날, 저는 다시 그 극장에 갔습니다. 그는 저를 보자 또다시 굽실거리며 제가 통이 큰 후원자라고 저를 추켜세웠어요. 그나저나 그 사람은 조금 역겹긴 해도, 분명 셰익스피어에 대해서는 남다른 열정을 지닌 사람이었어요. 한번은 제게 이런 얘기를 아주 자랑스럽게 했지요. 자신이 무려 다섯 번이나 파산했는데, 그게 다 '음유 시인' 때문이라고요. 그 사람은 셰익스피어를 '음유 시인'이라고 불렀어요. 그렇게 불러야 어떤 차이라도 생긴다고 여기는 모양이었지요."

"도리언, 그자는 분명 유별난 사람 같긴 하네. 대부분 사람은 인생이라는 산문(散文)에 너무 많은 투자를 해 버리는 바람에 파산하고 말지. 하지만 그 사람은 시로 파산했으니 얼마나 명예롭겠어. 그건 그렇고, 자네의 여인에 대해 이야기를 좀 해 달라니까."

"저는 그다음 날 밤에 또 극장을 갔어요. 그날 그녀는 로잘린드를 연기하고 있었지요. 저는 그녀를 보고 도저히 가만히 있을 수 없어서 그녀에게 꽃을 던져 주었어요. 그러자 그녀가 저를 쳐다보더군요. 분명 그랬던 것 같아요. 그 모습을 본 유대인은 저번처럼 저를 무대 뒤로 끌고 가려고 갖은 애를 쓰더군요. 그래서 이번엔 순순히 그의 말에 따랐어요. 지금 생각해 보면, 제가 그녀를 만나지 않으려 했던 게 참 이상하지요?"

"아니네, 별로 이상해 보이지는 않아."

"음, 왜지요?"

"그건 나중에 얘기하지. 자, 어서 얘기를 더 들려줘."

"알겠어요. 그 여인은 온화한 데다가 부끄러움도 많아 보였어요. 아직 마음이 여린 구석이 있었지요. 그녀에게 그녀의 연기에 대한 제 나름의 식견을 말하자, 그녀를 너무나 놀라 눈을 동그랗게 뜨고 저를 바라보더군요. 자신이 어떤 힘을 지니고 있는지 전혀 모르는 듯했어요. 지금 돌이켜 보면, 그때에는 우리 둘 다 약간 얼이 빠져 있는 것 같기도 했어요. 우리가 그렇게 어린아이처럼 서로를 마주하는 동안 그 유대인은 분장실 문간에서 이를 드러내고 웃으며 저희 둘에 대한 말을 끊임없이 늘어놓았지요. 그는 제게 계속 '나리'라고 불렀어요. 그래서 저는 그런 계급이 아니라고 그를 타일렀지요. 하지만 그녀는 도리어 제게 '오히려 왕자같이 보이시네요. 앞으로는 아름다운 왕자님이라고 당신을 불러야겠네요.'라고 답했지요."

"도리언, 그 여인은 사람을 어떻게 하면 기분 좋게 할 수 있는지 잘 아는 분 같군. 대단해."

"해리, 그게 아니에요. 아직 당신은 시빌을 이해하지 못하고 있어요. 그녀는 저를 그저 극중 인물로 보았던 것뿐이지요. 그는 인생을 아직 잘 모르는 듯했어요. 또 그녀는 어머니와 한집에서 산다고 했지요. 제가 처음 연극을 보러 갔던 날, 진홍색의 실내복을 입고 캐플렛 부인(셰익스피어의 「로미오와 줄리엣」에 나오는 줄리엣의 어머니)을 연기하던 노쇠한 여인이 바로 그의 어머니였어요. 그 여인을 보니, 분명 그녀도 젊었을 때는 아름다웠을 것이란 생각이 들었지요."

그러자 헨리 경은 자신의 반지들을 살펴보며 나지막이 말했다.

"아, 어떤 기분일지 알겠네. 그런 사람들을 보면 기분이 한없이 우울해지곤 하지."

"유대인은 제게 그녀가 어떤 인생을 살아왔는지 알려 주려 했지만, 저는 그저 관심 없다고 말하며 얘기를 듣지 않으려 했고요."

"잘했네. 자고로 타인의 인생에는 언제나 비극적 요소들이 있는 법이니까."

"이제 제 관심은 온통 시빌에게 쏠려 있어요. 그녀가 어느 출신이든 그게 무슨 상관이 있겠어요? 그녀는 머리부터 발끝까지 모든 것이 완벽히도 성스러워요. 저는 이제 여생 동안 매일 밤마다 그녀의 연기를 보러 갈 거예요. 또 그녀는 날로 더 신비로워질 거예요."

"아, 그래서 자네가 요즘 나와 저녁 식사를 먹지 못했던 것이군. 분명 자네가 누군가와 연애하고 있을 거란 짐작을 미루어 하긴 했지만, 내 생각과는 조금 다른 것 같기도 하고."

그러자 깜짝 놀란 도리언이 푸른 눈을 동그랗게 뜨며 말했다.

"해리, 우리는 매일 점심이나 저녁을 같이 먹잖아요. 오페라도 이미 여러 번 같이 갔고요."

"하지만 자네는 항상 늦게 오잖나."

"그래요. 저는 시빌의 연극을 보러 가지 않을 수는 없으니까요. 설령 그녀가 나오는 부분이 1막에 불과하더라도 저는 이제 그녀의 연기를 보지 않고는 살 수 없을 것만 같아요. 저는 이제 그녀를 갈망하고 있어요. 그 작고 여린 몸속에 감추어진 경이로운 영혼을 생각할 때면, 제 마음은 놀라움과 경외감으로 가득하답니다."

"도리언, 그렇다면 오늘 저녁에는 나와 식사할 수 있는 건가?"

"아뇨, 오늘은 그녀가 이모진이 될 거예요. 그리고 내일은 줄리엣이 되겠지요."

"그렇다면 그녀는 언제 시빌 베인이 되는 건가?"

"그럴 때는 없겠지요."

"축하하네."

"너무하시네요! 당신은 비웃을지 몰라도, 그녀에게는 그야말로 놀라울 만한 재능이 있단 말입니다. 그녀는 자신의 몸 안에 모든 위대한 여인들의 모습을 담고 있어요. 저는 그녀를 너무나 사랑합니다. 이제는 그녀도 저를 사랑하게 만들어야겠지요.

해리, 당신은 분명 인생의 모든 비밀을 알고 있는 사람이니 그녀가 저를 사랑하게 만들 수 있는 방법을 꼭 알려 주세요. 로미오가 저를 질투하도록 만들고 싶어요. 죽은 연인들이 우리의 웃음소리를 듣고 실의에 빠지기를 바라지요. 마치 그들의 시체에 숨을 불어넣고는 부러움에 몸서리를 치도록 하고 싶어요. 아아, 해리! 이제 제가 그녀를 얼마나 숭고하게 여기는지 아시겠지요!"

도리언은 방 안을 이리저리 돌아다니며 감정을 쏟아 냈다. 얼굴이 벌겋게 달아오른 그는 너무나 흥분한 모습이었다. 헨리 경은 묘한 기쁨을 느끼며 그의 모습을 바라보았다. 불과 얼마 전만 해도 수줍음과 겁만 지니고 있던 그였는데! 너무나 많이 달라진 그는 이제 만개한 꽃처럼 활짝 피어올라 붉은 꽃봉오리를 틔우게 된 것이다. 비밀스러운 곳에 숨어 있던 그의 영혼이 마침내 슬그머니 기어 나와 그의 욕망을 마주한 것이다. 헨리 경이 다시 말을 걸었다.

"자, 이제 그럼 어떻게 할 작정인가?"

"당신과 바질이 언제 한번 같이 극장에 오는 게 어떻겠어요? 두 사람이 그녀의 연기를 본다면 제가 왜 이렇게 말하는 지 아실 수 있을 거예요. 분명 당신도 그녀의 재능을 인정하지 않을 수 없겠지요. 그 후에는 그토록 끔찍한 유대인의 손아귀에서 그녀를 빼내야 되겠어요. 아마 적어도 3년, 아니 2년 8개월 정도는 꼼짝없이 그 사람 밑에서 일해야 하는 것 같던데, 물론 그에 따른 대가는 치러야겠지요. 하지만 일이 결국 해결된다면, 그 이후에는 웨스트엔드(런던 동부에 있는 최고의 번화가)에 극장 하나를 인수해서 그녀가 맘껏 재능을 펼치게 할 거예요. 그녀가 제가 주었던 것처럼, 이제 세계인이 그녀를 보고 열광할 수 있게 만들 거예요!"

"도리언, 그게 가능할 거라 보는가?"

"분명 그녀는 해낼 수 있어요. 그녀 안에는 천부적인 재능뿐만 아니라 그녀만의 개성이 넘쳐흘러요. 당신이 제게 종종 했던 말이 있지요. 시대를 움직이는 건 원칙이 아닌 매력적인 개성이라고."

"알겠네. 그럼 언제 보러 가면 좋을까?"

"음, 오늘이 화요일이니까…… 내일 보면 어떨까요. 내일은 그녀가 줄리엣을 연기하는 날이거든요."

"알겠네. 그럼 8시에 브리스톨에서 만나지. 내가 바질을 데리고 그곳으로 가겠네."

"해리, 그때는 너무 늦어요. 6시 30분 정도는 어때요? 막이 오르기 전에 가야지요. 당신은 그녀가 처음 로미오를 만나는 1막부터 봐야만 해요."

"6시 30분? 아, 그때는 딱 티타임을 갖거나 소설을 읽기 좋은 시간인데 말이야. 7시로 하지. 그 이전에 저녁을 먹는 신사는 없을 테니……. 아, 그럼 6시 30분에서 7시 사이에 자네가 바질을 찾아가는 건 어떻겠나? 아니면 내가 그에게 미리 연락을 해 놓아도 되고.”

“아, 바질! 저는 지난 일주일 동안이나 그를 만나지 못했네요. 제가 너무 무심했지요. 그는 초상화를 특별히 제작한 멋진 액자에 넣어 보내 주기까지 했는데 말이에요. 초상화가 나보다 한 달 정도 어려 보이는 게 조금 질투가 일기는 하지만, 그 그림은 그야말로 제 마음에 쏙 들어요. 음, 당신이 그에게 전갈을 보내는 게 나을 것 같아요. 이제 저 혼자서는 그를 마주하기가 부담스러워져서 말이에요. 그는 좋은 충고도 해 주지만, 종종 저를 당황스럽게 하는 말을 던지곤 하지요.”

“하하, 원래 사람들은 자신에게 가장 필요로 하는 것을 남들에게 주려 하는 법이지. 나는 그런 걸 두고 ’지나친 관용‘이라고 부르기도 한다네.”

“바질이 좋은 친구인 건 분명하지만, 그는 약간 속물인 것 같기도 해요. 당신을 만난 후에야 그가 그런 사람인지를 알게 됐지요.”

“이보게. 바질은 자기 안에 있던 모든 아름다움을 그 작품 안에 쏟아 부은 것이라네. 그러니 이제 그의 인생에는 오로지 자신의 원칙, 다르게 말하면 편견만이 남았지. 내가 아는 예술가 중에 그저 쾌활하기만 한 사람들은 하나같이 다들 변변찮은 예술가들이네. 뛰어난 예술가들은 언제나 자신이 만든 작품 안에서 살아 숨 쉬는 법이니까. 하지만 결국 그들은 고

유의 매력을 잃어버리는 것이네. 진정 위대한 시인은 모든 피조물 가운데 가장 시적이지 않은 사람인 법이네. 반면 변변찮은 시인들은 인간적으로는 대단히 매력적으로 보이지. 그들의 매력이 넘쳐흐를수록 그들의 작품은 하찮아지는 법이네. 그들은 겨우 2류 소네트를 펴냈을 뿐인데도 사람들을 매혹에 빠뜨리지. 그들은 자신이 쓰지 못한 시처럼 인생을 살지만, 위대한 시인은 자신이 인생에서 이루어 낼 수 없는 것들을 시로 쓰는 사람이네."

"해리, 그 말이 정녕 맞을까요? 하지만 당신이 그렇게 말한다면 그런 거겠지요. 아, 저는 이제 가 봐야겠어요. 나의 이모진이 기다리고 있으니까요. 내일 약속은 절대 잊으시면 안 됩니다! 그럼 이만 가 볼게요."

도리언은 어느새 테이블에 있던 금색 뚜껑을 열어 자신의 손수건에 향수를 뿌리고는 서둘러 방을 나섰다.

헨리 경은 무거워진 눈을 감고는 다시금 생각에 잠겼다. 지금껏 자신에게 도리언 그레이처럼 관심을 끈 사람은 없었다. 그런 그가 누군가를 열렬히 사모하는 걸 알았는데도 그에게는 전혀 질투감이나 불쾌한 마음이 일지 않았다. 오히려 도리언의 그런 모습이 내심 기쁠 정도니 이런 자신의 모습은 분명 흥미로운 것이었다. 그는 자연 과학적 방법을 마음에 들어 했지만, 이제 더 이상 그에게 과학적 접근은 하찮게 느껴졌다. 그래서 그는 다른 이는 물론 자신의 삶을 철저히 파헤치려는 연구로 나아간 것이다. 인간의 삶, 이제 그에게 이보다 더 가치 있는 탐구 소재는 없었다. 고통과 환희로 뒤범벅이 된 사람을 관찰할 때는 자신의 얼굴에 유리 마스크를 뒤집어 쓸 수 없는 법이다. 또한 유황 가스 따위가 뇌를 고통스럽게 할 때, 그리고 끔찍한 꿈과 괴상망측한 상상이 우리를 뒤틀어 버릴 때. 우리는 이를 절대 막을 수 없다. 곳곳에 퍼져 있는 독을 모두 판단할 수 없기 때문에, 결국 그 성분을 알아내려면 독극물을 마셔 버려야만 하는 것이다. 그 병의 특성을 이해하기 위해서는 직접 그 병에 걸려야만 했다.

하지만 이를 통해 얻은 결과는 얼마나 클 것이며, 이로 말미암아 세상은 얼마든지 경이롭게 바뀔 수 있을 것이었다. 열정 속에 내재돼 있는 괴이하고도 경이로운 논리, 그리고 지성 속에 내재돼 있는 다채로운 감정의 삶. 이 두 가지가 어떻게 조화와 불화를 이루는지를 면밀히 관찰하는 일. 그것만이 진정한 기쁨이며, 이를 위해서라면 어떤 대가라도 치를 수 있을 것이었다. 설령 이를 위해 정말 비싼 값을 치러야 하더라도 그것이 가져다줄 감동을 떠올린다면 충분히 감내할 수 있으리라.

그는 분명 알고 있었다. 도리언 그레이의 영혼이 어떤 순결한 소녀에게 사로잡혀 그를 숭배하게 된 것은, 분명 자신이 능수능란한 곡조로 했던 몇 마디의 말 때문인 것을. 그런 생각이 들자, 마치 마노(瑪瑙) 같은 그의 갈색 눈동자에서 광채가 뿜어져 나오는 듯했다. 어떻게 보면 도리언 그레이는 그가 창조해 낸 인간이었다. 자신의 말로 말미암아 도리언은 한순간에 조숙해져 버린 것이다. 너무나 놀라운 변화였다. 보통 사람들은 인생이 그 비밀을 드러낼 때까지 기다리기만 할 뿐이다. 하지만 지극히 소수에 불과한, 선택받은 사람들은 다르다. 인생이 자신의 신비로움을 드러내기 전에 스스로 자신의 모습을 드러내는 것이다. 이렇게 되기에는 때때로 우리의 열정과 지성을 직접적으로 다루는 예술, 특히 문학의 영향이 크다. 하지만 가끔은 다분히 복잡하게 얽힌 인간의 개성이 그 역할을 대신해 주기도 한다. 사실상 개성은 나름의 방식으로 시, 조각, 회화처럼 정교한 예술 작품의 근간을 만드는 것이기도 했다.

그는 분명 조숙해졌다. 아직 봄인데 벌써 추수하는 꼴이었다. 그는 청춘의 심장이 펄떡이고 열정이 가득할 뿐이었지만, 차츰 자신을 의식하기 시작한 것이다. 그런 도리언의 모습을 바라보는 것은 분명 즐거운 일이었다. 아름다운 얼굴에다 고귀한 영혼을 지닌 그는 분명 경탄할 만한 존재였다. 그는 마치 화려한 연극 속에 등장하는 우아한 인물 같았다. 이 모든 것이 결국 어떤 결말을 맺을지는 알 수 없었다. 그가 표현하는 기쁨은 보통 사람들에게 별다른 감흥을 주지 못하더라도 그의 슬픔만은 사람들의 마음을 뒤흔들어 놓았고, 그의 상처는 마치 붉은 장미를 떠오르게 했다.

영혼과 육체, 육체와 영혼! 아아, 이는 얼마나 신비스러운 것인가! 영혼에도 동물적인 순간이 있고, 육체에도 영적인 순간이 깃든다. 다채로운 감각은 단순해질 수도 있으며, 고귀한 지성은 타락할 수도 있다. 육체적인 충동은 어디에서 끝나는지, 혹은 영혼의 충동이 어디에서 시작되는지 누가 알 수 있겠는가. 그러니 심리학자들이 제멋대로 정의하는 이론은 얼마나 피상적인 것에 불과한가! 또한 다양한 학자들의 주장 가운데서 하나의 결정을 내리는 것은 또 얼마나 어려운 일인가! 영혼은 죄악의 집에 자리한 그림자일 뿐인가? 아니면 조르다노 브루노(이탈리아의 사상가이자 철학자. 주로 범신론적 견해를 고수하다가 이단으로 취급받아 화형으로 생을 마감함)의 말처럼 육체는 오히려 영혼 안에 있는 것인가? 물질에서 영혼을 분리하는 것이 신비로운 일이라면, 영혼과 물질이 결합되는 것 또한 너무나 신비로운 일이 아니겠는가.

그는 이제 궁금해졌다. 과연 인간이 심리학을 하나의 학문으로 만들어, 삶을 이루는 작은 샘물 하나하나의 실체를 모두 밝힐 수 있는 것인가. 사실 우리는 늘 자기 자신에 대해 이해하지 못한다. 그러니 타인을 이해하는 것은 더욱 어려운 일이다. 경험에는 윤리적인 가치를 부여할 수 없는 것이다. 경험은 그저 사람들이 자신의 실수에 붙인 이름일 뿐이다. 하지만 도덕주의자들은 경험을 통해 교훈을 쌓을 수 있다고 여겨 왔다. 또한 그것이 윤리적 가치를 지닌다고 말하기도 했다. 그래서 그들은 경험을 통해, 우리가 어떤 것을 따라야 하고 어떤 것을 피해야 하는지 배울 수 있다고 이를 추켜세우곤 했다. 하지만 경험은 결코 우리에게 어떤 동기를 유발하는 것은 아니다. 마치 양심처럼, 경험은 적극적인 힘을 가질 수 없었다. 그저 경험은 우리의 미래와 과거와 같다는 것, 그리고 우리가 예전에 저질렀던 죄악에 대해 극히 증오하면서도 결국 이를 수없이 되풀이할 수밖에 없다는 것을 보여 줄 뿐이다.

그는 오로지 실험만이, 이 열정에 대한 과학적 분석을 도와줄 수 있는 유일한 수단이라 여겼다. 그리고 도리언 그레이는 그에게 너무나 다루기 쉬운 실험 대상 같은 존재였다. 도리언은 분명 그에게 뛰어난 실험 결과를 가져다줄 것만 같았다. 그가 갑작스럽게 시빌 베인을 사랑하게 된 것은 꽤나 흥미로운 심리 현상이었다. 그 감정의 동기는 분명 호기심과 밀접한 연관이 있을 것이었다. 하지만 그런 열정은 단순한 호기심보다 훨씬 더 복잡한 성격을 지닌 것이었다. 그가 소년 시절에 느꼈던 순진하기 그지없던 본능은 어느새 상상력에 의해 도리언 자신과는 동떨어진 무언가로 변해 버린 것이다. 그것은 분명 위험했다. 이 감정은 우리 위에서 군림할 뿐더러 우리를 옥죄려 하지만, 우리 자신도 그것이 무엇에서 비롯된 것인지 잘 모르는 것이기도 하다. 우리가 그 속성을 잘 알면서 행위를 일으키는 것은 극히 적은 일이다. 그렇기에 우리는 종종 다른 사람을 실험하는 것 같으면서도 실제로는 스스로를 실험하는 것만 같은 일이 자주 일어나는 것이다.

헨리 경이 이런 생각의 흐름 속에 잠겨 있을 때, 하인이 문을 두드리고 들어와 식사 약속을 위해 옷을 갈아입어야 한다고 알려 주었다. 그는 이내 자리에서 일어나 창밖의 풍경을 바라보았다. 노을을 머금은 맞은편 집의 위층 창문이 붉게 빛나고 있었다. 창틀은 마치 달궈진 금속판처럼 금방이라도 새빨간 불꽃이 피어오를 것만 같았다. 하늘은 마치 색이 바랜 장미처럼 보였다. 그는 이처럼 환하게 타오르고 있는 도리언의 삶을 생각했다. 과연 그의 인생은 어떻게 매듭지어질 것인가.

밤 12시 30분쯤 다시 집에 돌아온 그는 현관 테이블 위에 놓여 있는 전보 한 통을 발견했다. 도리언 그레이가 보낸 것이었다. 그가 시빌 베인과 결혼하기로 했다는 것이다.

5

"엄마, 엄마! 나 정말 행복해요!"

소녀는 노쇠해 보이는 여인의 무릎에 얼굴을 묻고는 속삭이며 말했다. 여인은 강렬하게 쏟아지는 햇빛을 등진 채 너저분한 거실에 놓여 있는 안락의자에 앉아 있었다. 소녀는 계속 말했다.

"정말 행복하다니까! 엄마도 그렇지?"

잠시 머뭇거리던 베인 부인은 곧 비스무트(화장품의 재료로 쓰이는 은백색의 금속 원소)를 발라 하얗게 된 연약한 손으로 딸아이의 머리를 쓰다듬으며 말했다.

"행복 말이지, 행복······. 시빌, 나는 네가 연기할 때 진정한 행복을 느낀단다. 네가 연기 이외에 다른 것을 생각하다니. 아이작스 씨의 은혜를 저버리면 되겠어? 게다가 우리는 그분께 빚까지 지고 있잖니."

그러자 소녀는 고개를 돌리고는 입을 삐죽 내밀었다.

"대체 돈이 그렇게 중요한 문제던가요? 제게는 그깟 돈보다 사랑이 훨씬 더 중요해요."

"그분께서는 우리가 빚을 갚고, 제임스가 옷도 사 입을 수 있도록 기꺼이 50파운드라는 큰돈을 주셨잖니. 아이작스 씨만큼 인정 많은 분도 또 없을 거야."

"엄마, 그 사람은 적어도 신사는 아니에요. 그 사람이 제게 건네는 그 끔찍한 말투를 떠올리면……."

소녀는 자리에서 일어나 창가로 향했다. 그러자 부인이 탐탁지 않은 목소리로 말했다.

"그분이 없으면 대체 어떻게 먹고살 수 있겠어."

"엄마, 이제 나는 그런 사람은 필요 없어요. 이제 '아름다운 왕자님'이 나를 책임져 줄 거예요."

갑자기 소녀는 말을 멈췄다. 그때 소녀는 마치 장미가 개화하는 듯 볼이 불그스레해졌다. 불현듯 입술이 벌어지며 가느다랗게 떨리기도 했다. 이내 열정을 머금은 바람이 그녀의 온몸에 불어오더니 그녀의 치맛자락을 흔들었다. 소녀는 꾸밈없는 표정으로 말을 이었다.

"나는 그 사람을 사랑해요."

"정말 바보 같구나! 바보 같아!"

마치 앵무새가 지저귀듯 그녀는 이 말을 반복했다. 게다가 모조품 보석을 낀 앙상한 손가락이 그 말과 함께 흔들거리는 바람에, 그 말은 훨씬 괴이하게 느껴졌다.

소녀는 다시 웃음을 터뜨렸다. 마치 새장에 갇힌 새가 상황도 모르고 그저 기쁨에 가득 차 신나게 울어 대는 것만 같았다. 아름다운 웃음을 머금은 그녀의 눈은 섬광처럼 반짝였다. 그러고는 그 비밀을 감추려는 듯 잠시 눈을 감았다. 그녀가 다시 눈을 떴을 때, 이미 그것은 뿌연 안개 속에서 자취를 감춘 후였다.

낡은 의자에 앉은 '지혜'가 엷은 입술을 떨며 그에게 말을 건넸다. 그는 상식의 이름으로 포장되었을 뿐, 실은 그저 겁쟁이들의 말뿐인 몇몇 책에서 글귀를 인용해 조심스레 충고했지만, 그녀는 고집스럽게도 귀를 기울이지 않았다. 그녀는 열정이라는 감옥에 갇혔지만, 그 안에서 누구보다 자유로웠다. 그녀의 '아름다운 왕자님'이 함께 있었기 때문이다. 그녀는 그 왕자를 다시 만나기 위해 '기억'의 땅을 방문했다. 그녀는 그곳에 자신의 영혼을 내려 보내 왕자를 찾게 했고, 결국 그녀의 영혼은 왕자를 데려올 수 있었다. 그의 입맞춤은 그녀의 입술을 더욱더 불타오르게 했다. 그녀의 눈꺼풀은 왕자의 숨결로 뜨거워지고 있었다.

그 모습을 보자 '지혜' 또한 전략을 바꿨다. 이 청년을 우선 잘 알아보라고 하는 것이었다. 이 청년이 부자라면, 결혼을 생각할 수도 있다는 말도 건넸다. 그러자 철옹성 같았던 그녀의 귀에 세속적인 탈을 쓴 교활함이라는 파도가 밀려와 부딪쳤다. 간교한 화살들이 그녀의 곁을 스쳐 지나갔다. 소녀는 '지혜'의 입술이 건네는 말을 듣고는 가만히 미소를 지었다.

이제 그녀는 다시 말할 필요가 있다고 느꼈다. 침묵 속에 무언의 몸짓이 오고 가는 상황을 더 이상 견디기 힘든 탓이었다.

"엄마, 엄마! 왜 그 사람이 나를 이토록 사랑하는 걸까? 내가 그 사람을 사랑하는 이유는 그가 사랑은 이래야 한다는 것을 몸소 보여 주기 때문이야. 하지만 그 사람은 대체 나한테서 어떤 것을 본 걸까? 그이에게 내가 어울리는 사람일까? 왜인지는 잘 모르겠지만, 내가 설령 그이에 비해 한낱 비천한 존재라도, 내가 그렇다는 생각은 들지 않아. 나는 너무나 자랑스러워. 엄마, 내가 '아름다운 왕자님'을 사랑하는 것처럼 분명 엄마도 아빠를 사랑했겠지?"

그러자 거친 분이 묻어 있던 여인의 얼굴은 점차 창백해졌고, 그녀의 메마른 입술은 고통에 잠겨 경련을 일으켰다. 깜짝 놀란 시빌은 어머니에게 달려가 그녀를 끌어안고 입을 맞추며 말했다.

"아, 엄마. 용서하세요. 아빠 얘기만 하면 엄마가 고통스러워하는 걸 알면서……. 하지만 엄마는 아빠를 너무나 사랑했기에 아파하시는 걸 테지요. 그러니 부디 슬픔에 잠기지 말아요. 엄마가 20년 전에 그랬던 것처럼, 나도 오늘은 참 행복해요. 아, 이 행복이 영원히 지속되면 좋으련만!"

"얘야, 너는 아직 너무 어려서 사랑에 빠지는 감정 같은 건 잘 모를 거야. 그리고 네가 그 청년에 대해 아는 게 있니? 심지어 이름도 모르잖니. 그리고 요즘 우리 집안도 여유가 있지 않아. 머지않아 제임스도 오스트레일리아로 떠날 거잖니. 이 엄마는 이래저래 생각할 게 너무 많아졌어. 그러니 너도 조금만 더 신중하게 생각해 줬으면 해. 하지만 그 청년이 돈이 많다면야……."

"아, 엄마! 지금 내가 그저 행복한 대로 내버려 두면 안 돼?"

자기 딸을 흘깃 바라본 베인 부인은 이내 연극배우에게 종종 제2의 천성이 되곤 하는 다분히 연극적인 몸짓으로 소녀의 팔을 꽉 붙잡았다. 바로 그때 문이 열리고, 덥수룩한 갈색 머리를 지닌 소년이 들어왔다. 그는 땅딸막한 데다가 손과 발은 체구와 어울리지 않게 컸고, 심지어 행동거지는 너무나 어리숙하고 굼떠 보였다. 누나의 모습과는 영 딴판이었다. 아마 누구도 이 두 사람이 남매 지간이라는 것을 짐작하지 못했을 것이다. 베인 부인은 아들을 보더니 더욱 환한 웃음을 보였다. 마치 그녀는 자신이 하고 있는 연극의 그를 끌어당기는 것만 같았다. 그리고 그는 이 극적인 장면이 매우 흥미롭게 느껴졌다.

"누나, 나를 위해 키스는 해 줘야지."

소년은 꾸밈없는 목소리로 투덜거렸다.

"너는 키스를 좋아하지 않잖아. 이 흉측한 늙은 곰 같은 놈아!"

시빌은 그렇게 말하고는 다시 그에게 달려가 동생을 꼭 안아 주었다.

"나랑 나가서 산책할래? 이제 이 끔찍한 런던을 볼 날도 얼마 안 남았잖아. 이제 다시는 이곳을 보고 싶지 않아."

"그렇게 끔찍한 말은 하지 마."

베인 부인은 한숨을 내쉬며 그렇게 중얼거렸다. 그러고는 무대 의상을 집어 들어 헝겊을 대고 깁기 시작했다. 그녀는 조금 전 극적인 장면에 아들이 있지 못한 것을 꽤 아쉬워하는 듯했다. 만약 그 장면에 아들이 함께 했다면, 상황은 조금 더 극적으로 치달았으리라 여겼다.

"어머니, 그 말이 어때서요? 제 말은 순전히 진심이랍니다."

"그래도 네가 그렇게 말하니, 이 어미의 마음이 너무나 속상하구나. 나는 네가 오스트레일리아에 가서 금의환향하기를 바라고 있어. 그런 식민지 따위에는 사교 모임 같은 것도 없을 것 아니니. 그러니 너도 성공하면 꼭 다시 이곳에 돌아와 자리를 잡아야겠지."

"사교 모임이라고요? 아, 저는 그런 건 궁금하지도 않아요. 그저 어머니와 누나가 연극 무대에서 벗어날 수 있도록 돈을 많이 벌고 싶은 마음뿐이지요. 왜 두 분이 그런 연극 무대에 서야 하는지, 참!"

"아, 제임스! 왜 그리 못되게 말하는 거야. 어쨌든 산책이나 다녀올까? 나는 네가 오늘은 친구들과 석별의 정을 나눌 줄 알았지. 왜 있잖아. 네게 흉측한 모양의 파이프를 건네던 톰 하디그 파이프로 담배를 피운다고 너를 놀려 대던 네드 랭턴 같은 사람들과 말이야. 네가 떠나기 전 마지막 밤을 나와 함께 보내려 하다니 정말 다정하구나. 자, 그럼 어디로 갈까? 하이드파크는 어때?"

그러자 그는 인상을 찡그리며 말했다.

"하지만 내 행색이 너무 초라한데. 그곳은 멋쟁이들만 가는 곳이잖아."

"에이, 무슨 말도 안 되는 소리야." 시빌은 동생의 코트 소매를 매만지며 말했다.

그는 잠시 머뭇거리다 이윽고 결심한 듯 말했다.

"알겠어. 하지만 옷 갈아입는 데 너무 오랜 시간을 쓰지는 마."

시빌은 기쁨에 가득 차 마치 춤추는 것처럼 밖에 나가더니, 큰 소리로 노래를 흥얼거리며 위층으로 뛰어 올라갔다. 이내 위층에서는 바삐 움직이는 그녀의 발소리가 들렸다.

"어머니, 제 짐은 다 준비됐나요?"

제임스는 잠시 방 안을 두리번거리다 안락의자에 앉아 있는 어머니를 바라보았다.

"그럼, 다 준비해 두었지." 어머니는 하던 일을 계속하며 답했다.

지난 몇 달간 그녀는 고집이 드세고 거친 아들과 둘이 있는 것을 무척 힘들어했다. 남을 쉽게 속이지 못하는 성격 때문에 어쩌다 아들과 눈을 마주하기라도 하면 당황하기 일쑤였다. 그녀는 아들이 자신에 대해 무언가 의심하고 있다는 생각이 자꾸 들었다. 그러다가 아들의 침묵이 길어지면 그 순간은 더욱더 참기 힘든 고통이었다. 그럴 때면 그녀는 불현듯 볼멘소리를 내곤 했다. 남에게 굴복하는 자세를 취하면서 회심의 한 방을 날리는 것처럼, 여인들은 이따금 자신을 방어하기 위해 상대방에게 선제공격을 취하는 법이다.

"제임스, 나는 네가 스스로 선택한 선원 생활에 만족했으면 해. 너는 변호사 사무실에 취직할 수도 있었잖니. 그래도 그쪽 사람들은 사회로부터 존경받는 계층에 속하지. 시골에서는 명문가 사람들과 만나 종종 식사도 한다던데 말이야."

"어머니, 저는 사무실에서 일하는 건 좀처럼 견딜 수 없어요. 서기가 되는 것도 싫고요. 그래요. 제가 선택한 인생이지요. 그러니 어머니 말씀대로 할 수 있도록 노력할게요. 하지만 제가 한 가지 걱정되는 건 단지 시빌 누나의 미래일 뿐이에요. 누나에게 나쁜 일이 생길까 봐 두려운 마음이 종종 들어요. 부디 누나를 잘 보살펴 주세요."

"별 시답잖은 소리를 다 하는구나. 어련히 내가 네 누나를 잘 보살피지 않겠니?"

"이상한 소문을 들어서 그래요. 어느 신사가 매일 밤 극장을 찾아와 누나와 이야기를 나눈다는 소문이요. 사실인가요?"

"제임스, 넌 이 일에 대해서 잘 알지도 못하면서 함부로 생각하는 듯하구나. 우린 직업상 사람들의 관심을 많이 받을 수밖에 없어. 얼마나 기분 좋은 일이니. 나만 해도 공연이 끝나면 하루에 꽃다발을 몇 개씩 받을 때도 있단다. 그 말은 관객들이 우리의 연기를 잘 이해했다는 방증이기도 하고. 그 말은 사실이지만, 그 신사가 어떤 분인지는 아직 잘 모르겠어. 하지만 그분의 용모를 보면 부자인 것 같기는 해. 시빌에게 선사하는 꽃도 매우 아름답고 말이야."

"그런데 누나는 그 사람의 이름도 모른다면서요?"

"그래, 아직 그 청년이 자신의 이름을 얘기하지는 않았다고 들었어. 하지만 그게 오히려 너무나 낭만적이지 않니? 아마도 귀족이지 않을까 싶기도 해."

제임스는 그 말에 입술을 앙다물고는 큰 소리로 말했다.

"아무튼 누나를 잘 지켜 주세요. 옆에서 잘 지켜봐 달라는 말씀이에요."

"네 누나가 어련히 알아서 하겠지. 너는 나마저 못 살게 구려고 하는 거니? 내가 옆에서 잘 지켜봐 줄게. 물론 그 청년이 부자라면 네 누나와 결혼을 못 할 것도 없겠지. 아무리 생각해 봐도 그 남자는 귀족일 것 같단 말이야. 그렇다면 시빌은 아주 우아한 결혼을 할 수 있을 거야. 아름다운 부부가 되는 건 물론이고. 그 사람이 얼마나 준수한지 아니? 사람들이 그가 지나갈 때 다들 쳐다볼 정도라니까."

아들은 거친 손으로 창틀을 툭툭 치더니 혼자 중얼거리는 소리를 냈다. 그러고는 무슨 말을 하려는 듯 고개를 돌렸는데, 마침 그때 시빌이 두 사람 사이로 다가왔다.

"무슨 그리 심각한 얘기를 하고 계세요? 다른 문제라도 생겼나요?"

"어쩌다 좀 진지해질 수도 있지, 뭐. 어머니, 누나와 잠깐 산책하고 올게요. 5시쯤 돌아와서 같이 저녁을 먹지요. 제 짐도 셔츠 빼고는 대부분 다 꾸렸으니 괜히 신경 쓰지 마시고요."

"알았다. 어서 다녀와."

어머니는 조금 경직된 몸짓으로 고개를 끄덕이며 말했다. 그녀는 여전히 아들이 자신과 대화를 나눌 때의 말투가 고깝게 느껴졌다. 게다가 아들의 표정에는 여인을 두렵게 만드는 무언가가 있는 듯했다.

"엄마, 키스해 줘요." 시빌이 말했다. 이내 꽃잎 같은 소녀의 입술이 차갑게 식은 여인의 뺨과 살갗을 따뜻하게 해 주었다.

"오, 내 딸! 내 새끼!"

베인 부인은 마치 맨 위층 관람석의 관객을 찾는 것처럼 천장을 두리번거리며 외쳤다.

"아, 빨리 나가자!"

제임스가 시빌을 보채며 말했다. 그로서는 어머니가 연극할 때 쓸 법한 말투로 일부러 꾸미는 듯한 몸짓이 혐오스러울 뿐이었다.

오누이는 바람이 부는 바깥으로 나와 맑은 햇살 속에 음산한 유스턴 거리를 천천히 걸었다. 행인들은 종종 누추한 옷차림과 침울한 표정으로 걷고 있는 그를 바라보곤 했다. 그들은 그가 이토록 우아하고 아름다운 어떤 여인과 함께 걷는 것을 이상하게 여기는 듯했다. 제임스의 모습은 마치 아름다운 장미꽃을 든 초라한 정원사 같은 꼴이었다.

제임스는 자신을 그런 눈으로 바라보는 사람들과 마주칠 때마다 인상을 찌푸렸다. 그는 마치 인생 후반이 되어서야 천재성의 꽃이 피었는데, 아직도 예전의 진부한 모습을 버리지 못하고 있는 사람을 쳐다보는 듯한 행인들의 시선이 너무나 끔찍하게 여겨졌다. 시빌은 자신 때문에 더 극적으로 보이는 그런 모습을 전혀 의식하지 못했다. 그녀는 가볍게 입술을 떨며 빙그레 웃을 뿐이었다. 그녀는 아름다운 왕자님을 떠올리고 있었다. 다른 무엇보다도 그를 생각하고 있었지만, 제임스에게만은 절대로 그런 말을 하지 않았다. 대신 동생을 태우고 곧 항해를 떠날 배, 그리고 그들이 찾게 될 보물, 또한 그 과정에서 극악무도한 적들의 위협을 받을 때 그를 구원할 미지의 아리따운 상속자에 대해서…… 그야말로 있는 이야기, 없는 이야기를 가리지 않고 마구 재잘거리기 바빴다.

그녀는 제임스가 선원이나 화물 관리인, 혹은 그 어떤 일을 맡더라도 계속 한 가지 일에 머물러서는 안 된다고 생각했다. 아, 선원의 삶은 얼마나 끔찍한 것인가! 곱사등처럼 사나운 파도가 당장이라도 그를 집어삼킬 듯이 덮쳐 오고, 사나운 바람이 돛을 갈기갈기 찢어 버려 마치 끝없는 비명을 지르는 것처럼 표류하게 될 바다에서는 절대 아름다운 상상이 날개를 펼칠 수 없을 것이다. 그는 멜버른에 도착하는 대로 선장에게 정중히 작별을 고하고, 배를 떠나 금광이 있는 곳으로 향해야 할 것이다. 그리고 머지않아 순금을, 그것도 역사상 최고의 크기를 자랑하는 크나큰 순금 덩어리를 발견하겠지. 그렇다면 마차를 탄 경찰관 여러 명의 호위를 받으며 그것을 해안까지 운반하게 될 것이다. 그 과정에서 분명 순금을 노리는 산적들에게 수도 없이 기습 공격을 당하겠지만, 제임스는 멋지게 그들을 해치울 수 있겠지. 아, 아니지! 제임스는 절대 그곳으로 가면 안 된다! 금광 지대는 또 얼마나 무서운 곳인가! 그곳은 환각제에 취해 버린 사람들이 술집에서 서로 총질을 해 대고 사나운 욕설이 난무하는 곳이겠지. 그렇다면 그는 멋진 양치기가 되어야겠다. 그렇다면 어느 날 일을 마치고

집에 돌아오는 길에 강도에게 끌려갈 위기에 처한 아리따운 상속자를 구할 날이 오겠지. 그렇다면 그녀 또한 그를 사랑할 것이고, 둘은 결혼해서 이곳으로 돌아와 멋있는 대저택에서 행복하게 살아야 할 것이다.

그래, 이렇게 되어야 한다! 제임스 앞에는 분명 이런 일들이 기다리고 있을 것이다. 하지만 이렇게 되기 위해서는 우선 동생이 선량해야 하겠지. 또한 사람들에게 바보 취급을 받아도 성질을 부리지 않고, 돈도 절약해야 할 것이다. 그녀는 비록 동생보다 겨우 한 살 정도 많을 뿐이지만, 그래도 자신이 인생에 대해서만큼은 동생보다 훨씬 많은 이치를 알고 있다고 여겼다. 또한 동생은 매일 누나에게 편지를 써야 할 것이고, 매일 밤 잠에 들기 전에는 꼭 기도를 해야겠지. 그렇다면 너무나 인자하신 하느님께서 그를 굽어살펴 주실 것이다. 물론 그녀도 동생을 위해 기도해야겠지. 그렇다면 몇 년 후에는 결국 대부호가 되어 금의환향할 수 있는 것이다.

제임스는 그녀의 이야기를 들으며, 아무 대답도 하지 못했다. 이러저러한 미래의 상상보다 우선 당장 집을 떠나야 한다는 사실이 그를 가슴 아프게 했던 것이다.

하지만 그가 가슴이 아픈 이유는 단순히 집을 떠나야 하기 때문만은 아니었다. 비록 그의 경험이 아직 누나보다 모자라긴 하지만, 시빌이 시련에 처할 것이라는 느낌이 강하게 들었기 때문이다. 누나를 좋아한다는 그 사람은 사실 누나에게 전혀 도움이 되지 않는 인간일 수도 있었다. 그는 신사였지만, 오히려 그 사실이 제임스에게는 더욱더 탐탁지 않게 여겨졌다. 논리적으로는 절대 설명할 수 있는 어떤 직감, 그것이 느껴진 것이다. 마음속 깊은 곳에 내재돼 있지만 설명하기는 힘든, 계급의 차이에서 불거지는 본능 때문인 것이었다. 또한 그는 자신의 어머니가 다분히 천박하고 허영에 찌든 인물이라는 것을 잘 알고 있었다. 바로 이러한 사실 때문에 시빌과 시빌의 행복이 위기에 빠지리라는 예감이 강하게 들었다. 자식들은 대개 부모를 사랑하는 마음을 가지고 태어나지만, 점점 성장하면서 부모를 판단하게 된다. 때로는 부모를 용서해야 하는 일도 생기게 되는 법이다.

아, 어머니! 그는 어머니에게 꼭 물어보고 싶은 것이 있었다. 몇 개월 동안 차마 말하지 못하고 묻어 두고만 있는 것이었다. 어느 날 극장 출입구에서 우연히 들었던 그 말, 그의 귀에 들려온 누군가의 조롱 어린 속삭임은 그의 마음을 헤집고는 무서운 생각들로 가득 차게 만들었다. 마치 사냥용 채찍으로 얼굴을 맞은 것처럼 절대 지울 수 없는 기억이었다. 이내 그의 눈썹 사이로 짙은 주름이 팼고, 마치 피부를 찌르는 듯한 통증이 느껴져 아랫입술을 깨물어야만 했다.

그때 시빌이 그에게 소리쳤다.

"제임스, 왜 내가 하는 말은 하나도 듣지 않고 있는 거니? 아주 창창한 내 미래 계획을 세우고 있었잖아! 뭐라고 말이라도 좀 해 봐."

"내가 무슨 말을 해 주길 바라는 거야?"

"몰라서 묻는 거야? 앞으로 누나 말을 잘 듣고, 어머니와 누나를 잊지 않을 거라는 그런 말 있잖아, 하하."

그러자 제임스는 고개를 갸웃거리며 물었다.

"내가 누나를 잊는 것보다 누나가 나를 잊을 가능성이 더 클 것 같은데?"

"응? 대체 그게 무슨 말이야?"

"누나에게 남자가 생겼다는 얘기를 들었어. 대체 누구야? 왜 내게 그 사람에 대해 말하지 않은 거야? 그 사람은 누나에게 악의를 가지고 접근한 것일지도 몰라."

"그만해! 어떻게 그이에 대해 함부로 그런 말을 할 수 있어? 나는 그이를 사랑해."

"그 사람의 이름도 모른다며, 대체 그게 가능한 일이야? 그 인간은 대체 어떤 사람이야? 나도 마땅히 알 권리가 있다고."

"나는 그를 '아름다운 왕자님'이라 부르지. 왜, 너는 그 이름이 마음에 들지 않아? 하지만 너도 그를 본다면 그이를 분명 세상에서 가장 아름다운 사람이라고 여기게 될 거야. 언젠가는 너도 그를 마주하게 되겠지. 아마 오스트레일리아에서 네가 돌아올 때쯤에는 그럴 수 있을 거야. 너도 분명 그를 좋아하게 되겠지. 이미 우리 모두가 그를 좋아하고 있고.

더구나 나는 그를…… 사랑한단 말이야. 아, 너도 오늘 극장에 온다면 좋을 텐데! 그나저나 내가 오늘은 줄리엣을 연기해야 하는데…… 어쩌면 좋지? 생각해 봐. 사랑에 빠져 있는 사람이 다른 사람을 사랑하는 줄리엣을 연기해야 하는 거잖아. 게다가 그이가 보는 앞에서! 나는 이제 내 연기에 관객이 매료될까 봐 두려운 마음조차 들어. 나는 오로지 그이를 기쁘게 해 주고 싶단 말이야. 하지만 누군가를 사랑하는 것은 자기 자신의 한계를 초월해야 하는 법이겠지.

그렇게 되면 악독한 아이작스 씨마저도 술집에서 사람들에게 나를 천재라고 부르짖을 거야. 그는 그동안 어떤 교리를 전도하는 것처럼 나를 홍보했어. 하지만 이제 그는 어떤 신의 계시라도 전하는 것처럼 나를 전할 거야. 왠지 그런 느낌이 강하게 들어. 그리고 이 모든 것은 결국 나의 왕자님, 나의 연인, 내게 은총을 주는 그분 덕택이야. 물론 나는 그분에 비하면 너무나 찢어지게 가난하지만, 그게 그리 걸림돌이 되겠어? 가난이 문틈으로 기어들어 온다면, 사랑은 창문 밖으로 달아나 버린다는 속담이 있지. 하지만 그 속담은 다시 써야돼. 그런 말들은 겨울에 만들어졌지만, 지금은 여름이잖아. 더구나 내게 지금은 봄날 같아. 푸르른 하늘에 꽃송이가 날아다니는 아름다운 봄날!"

그러자 제임스는 심통이 난 듯한 목소리로 말했다.

"그 사람은 그냥 신사라면서."

"아니야, 왕자님이라니까! 대체 무슨 말을 하고 싶은 거야?"

"그 인간은 누나를 속박하려고 할 수도 있어."

"나는 오히려 속박에서 벗어나 자유로워진다는 게 겁이 나는데?"

"어쨌든 그 사람을 조심히 대해."

"그 사람을 보면 나는 그 사람을 숭배하게 되고, 당연히 신뢰할 수밖에 없어."

"미쳤어, 진짜! 누나는 정말 단단히 미친 거야!"

하지만 그녀는 웃으며 말했다.

"사랑하는 제임스, 너는 마치 100살이라도 된 것처럼 얘기하는구나. 하지만 너도 언젠가 사랑에 빠지는 날이 오면 내 마음을 알 거야. 그러니 그렇게 뾰로통한 표정을 짓지 말아줘. 너는 비록 집을 떠나지만, 그래도 이 누나가 행복하게 지내는 모습을 떠올린다면 좋지 않겠니? 알다시피 우리 집안은 그동안 어렵게 살아왔어. 정말 끔찍할 정도로 힘들었지. 하지만 너도 나도 이제 새로운 세계로 떠나니, 지금부터는 전과 분명 달라질 거야. 아, 마침 의자가 있네. 우리 잠시 저기 앉아서 사람 구경이나 하자."

그녀는 그의 팔을 붙잡고는 의자에 자리를 잡았다. 길가 건너편으로 보이는 튤립 꽃밭은 마치 불꽃이 타오르는 것처럼 피어오르고 있었다. 또 하얀 붓꽃 모양의 구름들처럼 하얀 가루가 이토록 적막한 공중 안을 맴돌았다. 이내 밝고 화려한 양산들이 마치 크나큰 나비 떼가 춤추기라도 하는 것처럼 펼쳐졌다 접혀지기도 했다.

그녀는 동생에게 어떤 미래를 꿈꾸는지 이야기해 보라고 부추겼다. 동생은 어렵사리 입을 떼기 시작했다. 그들은 마치 권투 시합에서 펀치를 주고받는 선수들처럼 대화를 나누었다. 시빌은 알 수 없는 부담감을 느꼈다. 그녀는 자신의 기쁨을 제대로 표현할 말을 찾지 못하고 있는 것이었다. 또한 그녀의 말에 동생은 그저 뾰로통한 표정으로 가끔 엷은 미소를 보이는 게 전부였다. 결국 시간이 지나자, 그녀는 자연스럽게 입을 다물게 되었다.

그때 시빌의 눈에 금빛 머리카락과 미소를 머금은 입술이 보였다. 귀부인들과 함께 마차를 타고 지나가는 도리언 그레이의 모습이 보인 것이다.

"저 사람이야!"

그녀는 자리에서 벌떡 일어나 외쳤다.

"누군데?"

"나의 아름다운 왕자님!" 그녀는 빠르게 떠나가는 마차를 보며 말했다.

그러자 제임스는 벌떡 일어나 그녀의 팔을 거칠게 붙잡고는 말했다.

"어느 쪽에 있어? 어떤 사람이야? 손으로 가리켜 봐, 빨리! 그 사람이 어떤지 내 똑똑히 봐야겠어!"

하지만 그들의 시야에 베릭 공작의 마차가 끼어들었고, 결국 그 마차 때문에 도리언 그레이의 모습을 또다시 볼 수는 없었다. 시빌은 애처로운 목소리로 나지막이 말했다.

"아, 시야에서 사라져 버렸네. 네게 그이를 꼭 보여 주고 싶었는데!"

"그래, 나도 꼭 그를 봤으면 좋았을 텐데. 하느님께 맹세코, 그 사람이 누나를 불행하게 만든다면 반드시 내 손으로 해치워야 할 테니까."

그 말에 시빌은 겁에 질려 동생을 바라보았다. 동생은 같은 말을 또 한 번 되풀이했다. 그 말은 마치 칼처럼 날카로워 주변의 공기마저 잘라버리는 듯했다. 그들 주위에 있던 몇몇 행인들은 어이없다는 표정으로 그들을 바라보았고, 시빌 옆에 있던 어떤 여자는 소리 죽여 킥킥거리기 바빴다.

"제임스, 그만 가자. 얼른!"

그녀는 그에게 나지막이 말하고는 앞장서서 사람들 사이를 헤치고 앞장서 가기 시작했다. 제임스는 결국 마지못해 그를 따라 나섰다. 하지만 그는 조금 전 자신이 했던 그 말에 너무나 흡족해하고 있었다.

시빌은 아킬레스 동상에 다다를 때가 되어서야 다시 제임스에게로 돌아섰다. 그녀의 눈은 동정으로 가득했지만, 금세 미소를 지으며 동생을 바라보고는 고개를 가로저으며 말했다.

"너는 참 바보 같구나. 어쩌면 그렇게 바보 같을까! 심술 맞은 데다가 어리석기까지 하구나. 어떻게 그런 말을 할 수 있어? 너는 지금 네가 무슨 말을 했는지도 잘 모를 거야. 질투도 많고 괴팍하기까지 해. 아, 너도 어서 사랑에 빠진다면 좋겠어. 그래야 사랑에 빠지면 사람이 착해진다는 걸 이해할 수 있겠지. 아무튼 조금 전 말은 너무 심했어."

"나도 이제 열여섯 살이야. 내가 무슨 말을 하는지 정도는 잘 안다고. 아무튼 걱정이야. 엄마 또한 누나에게 별 도움이 안 될 텐데 말이야. 엄마는 누나를 어떻게 돌봐 줘야 하는지도 잘 모르시는 듯해. 지금 마음 같아서는, 내가 오스트레일리아에 가려는 계획을 물리고 싶을 정도라니까. 아, 계약만 하지 않았다면 당장이라도 그렇게 했을 텐데!"

"아, 제임스! 너무 그리 심각하게 생각하지 마. 너는 마치 엄마가 예전에 연기하셨던 허접한 멜로드라마의 남자 주인공같이 굴고 있어. 하지만 이제 너와 말싸움하지는 않겠어.

아, 나는 그 사람을 보니 너무 행복해. 이제 우리는 더 이상 싸울 일조차 없을 거야. 또 물론 내가 그토록 사랑하는 사람을 네가 해칠 리 없겠지. 맞지?"

그러자 그가 불만스럽게 말했다.

"누나가 그 사람을 사랑하는 한은 그렇겠지."

"나는 영원히 그이를 사랑할 거야!"

"그 사람은 그럴 수 있대?"

"그이도 영원히 나를 사랑하겠지."

"그래, 그랬으면 좋겠지만."

그 말에 그녀는 깜짝 놀라 움찔거리며 물러났지만, 이내 다시 미소를 보이며 동생의 팔을 꽉 붙잡았다. 아직 그녀에게 동생은 그저 어린아이일 뿐이었다. 그들은 마블 아치에서 마차를 잡았고, 이내 유스턴에 있는 자신들의 보잘것없는 집에 도착했다. 시간은 5시가 훌쩍 지난 뒤였다. 시빌은 무대에 나가기 전까지 약 두세 시간 정도를 방에서 쉬고 있어야만 했다. 제임스가 오늘은 꼭 그래야 한다고 고집을 피웠기 때문이다. 사실 그는 어머니가 없는 곳에서 누나와 석별의 정을 나누는 것이 좋겠다고 여겼다. 그 상황에서 어머니가 끼어든다면, 분명 극적인 표정으로 이별을 표하려 할 것이고, 그는 그 광경이 너무나 보기 싫었기 때문이다.

결국 그들은 시빌의 방 안에서 작별 인사를 나누었다. 이내 소년은 질투심으로 불타올랐다. 그리고 그 낯선 이에 대해 살의 같은 증오감마저 피어올랐다. 소년에게 그 사람은 그저 누나와 자신의 사이를 갈라놓으려는 사람일 뿐이었다. 하지만 시빌이 그를 부드럽게 끌어안고 머리를 쓰다듬어 주자 어느 정도 마음이 누그러졌다. 제임스 또한 애정을 가득 담아 누나에게 키스했다. 이윽고 아래층으로 내려가는 소년의 눈에는 눈물이 그렁그렁 고였다.

아래층으로 내려오는 아들을 본 어머니는 그가 약속한 시간을 지키지 않았다고 짜증을 냈다. 하지만 그는 그 말에 대꾸도 하지 않고 식탁에 앉아 끼적끼적 밥을 먹었다. 식탁 주위로 몇 마리의 파리가 윙윙 날아다녔다. 때로는 얼룩이 묻은 식탁보 위를 제멋대로 기어 다니기도 했다. 제임스는 천둥 같은 소리를 내며 지나가는 큰 마차와 달그락거리는 소음을 내며 지나가는 마차의 단조로운 소리를 들으며, 얼마 남아 있지 않은 자신의 시간을 꾸역꾸역 집어삼키고 있었다.

제임스는 이내 접시를 밀어내고는 두 손으로 머리를 감쌌다. 그는 마땅히 자신도 알 권리가 있다고 여겼다. 진작 누나가 사랑하는 사람이 있다고 말해 줬어야 하는 것 아닌가! 그의 모습을 본 어머니는 가슴이 덜컹 내려앉은 채 아들을 바라보다가 무의미한 몇 마디를 뚝뚝 내뱉었다. 그녀의 레이스 손수건은 손가락 사이에서 구겨지고 있었다. 어느새 6시를 알리는 종소리가 울렸다. 그러자 제임스는 벌떡 자리에서 일어나 문으로 향하다가 홱 돌아서서 어머니를 바라보았다. 두 사람의 눈이 마주쳤고, 어머니는 아들에게 자비를 바라는 눈빛을 보내고 있었다. 그 모습에 그는 더욱더 화가 치밀어 올랐다.

"어머니, 꼭 여쭤봐야 할 게 있어요. 부디 사실대로 말해 주세요. 제게도 알 권리라는 게 있는 것 아니겠습니까? 어머니, 아버지와 정말 결혼하셨던 건가요?"

그녀는 깊은 한숨을 쉬었다. 몇 개월 동안이나 그녀가 밤낮으로 걱정했던 그 순간이 마침내 오고 만 것이다. 하지만 그녀의 한숨은 안도감에서 나오는 것이었다. 그녀는 이제 전혀 겁이 나지 않았다. 오히려 조금 실망스러운 감정마저 들었다. 그가 너무나 버릇없이 직접적으로 물어보았기에, 대답도 자연히 그렇게 할 수밖에 없었다. 마치 형편없는 리허설을 하는 것처럼, 그녀는 답했다.

"아니."

그녀는 어쩌면 인생이라는 것은 가혹할 정도로 단순한 것은 아닐까 하는 생각이 들었다.

제임스는 두 주먹을 꽉 쥐며 소리쳤다.

"그럼 내 아버지는 한낱 깡패였던 건가요?"

"아니다. 그분은 그렇게 자유로운 처지가 아니었어. 하지만 우리는 정말 서로를 많이 사랑했단다. 만약 네 아버지가 여전히 살아 계셨다면, 그분은 충분히 여유롭게 우리를 보살펴 주셨겠지. 그래도 아버지한테 그렇게 함부로 얘기하지는 말아라. 그분은 결국 네 아버지잖니. 더구나 그분은 더없는 신사였어. 게다가 귀족 집안 출신이었지."

그러자 그는 분노로 몸을 떨며 말했다.

"나야 어떤 관계든 알 바 아니에요. 하지만 우리 누나마저 잘못된다면 절대 가만히 있지 않을 거예요. 그 사람이 신사라고 했지요? 그냥 그 사람이 말로만 그런 소리를 한 건가요?

아니겠지. 당연히 귀족 출신이겠지."

잠시 여인은 굴욕적인 감정이 들어 온몸을 떨었다. 고개를 숙인 그녀가 떨리는 손으로 눈물을 닦으며 속삭이듯 말했다.

"그래, 시빌에게는 이 엄마가 있잖니. 하지만 내 곁에는…… 아무도 없었단다."

그러자 가슴이 복받친 소년은 어머니에게 다가가 허리를 굽혀 입을 맞추며 말했다.

"아, 괜히 아버지에 대한 얘기를 해서 어머니를 속상하게 했어요. 너무 죄송해요. 하지만 꼭 여쭤보고 싶었어요. 자, 이제 저는 가야겠어요. 어머니, 안녕히 계세요. 그리고 이제 오직 어머니가 돌봐야 할 자식은 한 명뿐이라는 걸 잊지 마세요. 만약 그 인간이 우리 누나에게 못된 짓을 저지른다면 제가 무슨 수를 써서라도 그를 죽여 버릴 거예요. 반드시."

어리석은 생각에서 비롯됐을 과장된 위협, 그리고 그에 수반되는 과장된 몸짓. 더구나 몹시 격정적으로 내뱉은 말들. 오히려 그녀는 이런 것들을 너무나 편하게 느꼈다. 그녀는 이런 분위기에 익숙한 여인이었다. 그녀는 몇 개월 만에 처음으로 아들이 자랑스럽게 여겨졌다. 그녀는 이 장면이 영원히 지속되기를 바랐다. 하지만 아들은 그런 어머니의 바람과 달리 서둘러 그녀 곁을 떠나가 버렸다.

그는 트렁크를 옮겨야 했고, 머플러가 어디 있는지를 살펴야 했다. 하숙집 인부는 부산스럽게 집 안을 들락거렸고, 마부와는 수차례 흥정해야만 했다. 그녀의 삶을 생생히 만들어 주던 순간은 이런 일상 속에 묻혀 모두 사라지고 말았다. 이

옥고 아들이 집 밖으로 나가자, 그녀는 낙심한 채 창가에 서서 아들에게 레이스 손수건을 흔들었다. 마치 좋은 기회를 놓쳐 버린 것만 같은 기분이 들었다. 그녀는 자신이 보살펴야 할 자식이 한 명밖에 남지 않아 자신의 인생이 더없이 쓸쓸해 졌다고 생각하며 스스로를 위안하려고 했다. 아들이 그녀에 게 한 말은 그녀를 괜스레 흐뭇하게 했다. 결국 그녀는 아들의 말에 어떠한 대답도 하지 못했다. 하지만 언젠가는 가족이 아들의 격정적이고 모진 그 말을 추억하며 웃을 날이 오리라고 생각했다.

6

"바질, 그 소식 들었나?"

3인분의 저녁 식사가 준비된 브리스틀 호텔에 바질이 나타난 그날 저녁이었다.

"무슨 소식인데?" 바질은 모자와 코트를 웨이터에게 건네며 묻고는 말을 이었다.

"설마 정치에 관련된 건 아니겠지. 나야 정치에는 도통 관심이 없으니. 게다가 하원 의원 가운데는 초상화를 그릴 만한 인물이 한 명도 없네. 물론 조금 화장하면 나아질 것 같긴 하지만."

"도리언 그레이가 약혼한다는 말이네."

그러자 바질은 깜짝 놀라더니 이내 얼굴을 찡그리며 말했다.

"뭐? 도리언이 약혼한다고? 말도 안 돼! 누구랑 한다는 건가?"

"어떤 가난한 배우라고 들었네."

"그럴 리가. 그토록 사리에 밝은 도리언이 그럴 리 없는데!"

"너무 똑똑하면 가끔은 바보짓을 할 수도 있네."

"해리, 결혼이란 게 가끔이라는 말을 붙일 일은 아닌 듯한데."

"미국에서는 조금 다를걸. 그저 약혼일 뿐이야. 결혼이 아니고! 둘 사이에는 큰 차이가 있어. 나만 해도 결혼은 기억하지만 약혼은 당최 언제 했는지 기억이 나지를 않아. 그러니 차라리 약혼한 적이 없다고 생각하는 게 마음은 편하지."

"하지만 도리언의 집안을 생각해 보면, 자신보다 전반적인 수준이 모두 부족한 여인과 결혼한다는 게 믿겨지지 않아."

"바질, 자네가 그렇게 얘기하면 할수록 도리언은 분명 그 여자와 결혼하려 할 것이네. 그 친구는 분명 그러고도 남을 친구지. 인간이 바보짓에 빠질 때는 분명 이를 이끄는 거룩한 동기가 있기 마련이니까."

"그렇다면 그 여인이 선량하기를 바랄 수밖에 없겠네. 만약 도리언이 그의 본성과 지성을 망가뜨리는 여인과 가약을 맺는다면 내가 가만히 있지 않을 걸세."

"아, 물론 그 여인은 분명 선량함, 그 이상의 덕을 갖춘 여인이네. 너무나 아름답지."

헨리 경은 오렌지 버터를 넣은 베르무트 와인을 마시며 말을 이었다.

"도리언의 말에 따르면, 그녀는 너무나 아름답다고 했네.

그 친구가 또 그런 눈은 정확하지 않다. 자네가 도리언의 초상화를 그려 주는 바람에, 그 또한 사람의 외모를 판단하는 안목이 되살아난 모양이네. 또한 우리는 오늘 밤 그 여인을 만날 수도 있을 것 같고."

"정녕 진심으로 하는 말인가?"

"물론이지. 내가 지금 건성으로 말을 아무렇게나 한다면 나는 분명 천벌을 받을 걸세."

바질은 방 안을 오가며 초조한 눈빛으로 말했다.

"해리, 그러면 자네는 두 사람 사이의 관계를 인정하는 건가? 어쩌면 그건 한순간의 맹목적인 열정에 불과할지도 모른다고."

"글쎄, 나는 어떤 것도 인정의 여부를 판단할 수는 없네. 그건 인생에 대해 가져야 할 올바른 태도가 아니니까 말일세. 우리가 편견을 지키기 위해 태어난 것은 아니지 않나. 나는 평범한 사람들이 하는 말에는 절대 신경을 쓰지 않네. 또한 매력을 가진 사람들이 하는 일에는 절대 참견하지 않지. 그가 어떻게 일하든지 나는 그의 방식에 그저 만족만을 느낄 뿐이지. 도리언 그레이는 줄리엣을 연기하던 여인과 사랑에 빠져 청혼까지 했을 뿐이네. 그게 안 될 이유라도 있는 건가? 도리언은 설령 메살리나(로마 황제 클라우디우스의 마지막 아내. 허영과 탐욕의 화신)와 결혼했더라도 나름의 흥미로운 방식으로 잘 살았을 걸세.

자네도 알겠지만, 나는 결혼 제도에 찬성하는 사람이 아니네. 결혼의 결점 중 하나는 인간을 이기적이지 않은 인간으로 만든다는 것이지. 그런 사람들은 결국 본연의 개성을 잃어버리고 마네. 물론 결혼하면서 자신의 개성을 더욱 다채롭게 만드는 사람도 있지. 그런 사람들은 자신의 이기심을 유지하면서 그것에 다른 자아를 덧입혀 다양한 형태의 삶을 살며, 점점 복잡하지만 체계적인 인간이 되네. 어쩌면 다채로운 체계를 갖추는 것이 인간의 목적은 아닐까. 다시 말하면, 모든 경험은 다 나름의 가치가 있다는 말이네. 누군가 결혼 제도에 대해 반대하는 말을 한다면 그 말 또한 하나의 경험을 갖춘 셈이지. 사실 나는 도리언 그레이가 그 여인과 결혼하고 6개월 정도 더할 나위 없이 정열적인 사랑을 나누다가 또다시 어느 사람과 사랑에 빠졌으면 하는 소망도 있네. 그렇다면 그 친구는 정말 훌륭한 연구 대상이 되겠지."

"오, 해리. 자네가 진심으로 한 말이 아니길 비네. 그의 삶이 망가지면 가장 슬퍼할 사람은 아마 자네겠지. 괜히 짐짓 아닌 척하지 말게."

그러자 헨리 경은 파안대소를 터뜨리며 말했다.

"우리가 타인을 좋은 시선으로 바라보는 이유는 우리가 스스로를 두려워하기 때문이네. 낙관주의의 바탕은 다름 아닌 공포지. 우리는 이웃이 미덕을 갖고 있다는 것을 믿기 때문에 너그러워질 수 있는 걸세. 우리가 은행 사람들에게 아부를 떠는 것은 단기 대출을 받기 위해서이고, 강도에게 굳이 너그럽게 구는 것은 그가 우리의 주머니를 털지 않기를 바라는 마음 때문이겠지.

나는 낙관주의를 너무나 경멸하는 사람일세. 진심으로 말하건대, 망가진 삶이라는 건 없네. 자신이 성장하기를 멈춘 삶을 제외한다면 말일세. 자신의 본성을 망가뜨리고 싶다면, 그저 자신의 본성을 바꾸면 되는 것이네.

결혼 또한 너무나 어리석은 짓이지. 인간 사이에는 결혼보다 더 흥미로운 결합들이 많지 않나. 나는 사람들을 매력 있게 하는 그런 결속들을 권장할 걸세. 아, 저기 도리언이 오네. 저 친구가 아마 더 자세한 얘기를 해 주겠지."

두 사람에게 다가온 도리언은 망토를 벗어 던지고는 그들에게 악수를 청하며 말했다.

"오, 두 분! 저를 모두 축하해 주세요! 저는 오늘만큼 행복한 적이 없었어요. 물론 짧은 시간에 벌어진 일이기는 하지만, 진정으로 기쁜 일은 갑자기 일어나는 법이잖아요. 제가 지금껏 살아오며 그토록 찾던 것을 저는 마침내 발견한 듯해요."

그는 환희와 흥분으로 뺨이 불그스레해져 굉장히 멋진 기색을 보였다.

"도리언, 나는 자네가 언제나 행복했으면 좋겠네. 하지만 약혼 소식을 해리에게 먼저 알린 건 용서할 수 없어."

그러자 헨리 경은 웃으며 도리언의 어깨에 손을 얹고는 말했다.

"나는 도리언 자네가 저녁 식사에 늦은 것을 용서할 수 없네. 자, 모두들 앉지. 이곳에 새로 왔다는 주방장의 솜씨를 봐야겠네. 그리고 자넨 상황을 보다 자세히 알려 주게."

세 사람이 조그마한 원탁에 자리를 잡고 앉자, 도리언은 큰 소리로 말을 이었다.

"크게 말씀드릴 건 없어요. 하지만 간략하게 알려드릴게요. 해리, 어제저녁에 우리가 헤어진 뒤 저는 옷을 갈아입고는 당신이 소개한 루퍼트 가의 자그마한 이탈리아 식당에서 식사했어요. 그리고 8시쯤 다시 극장으로 갔지요. 그날 시빌은 로잘린드 역할을 했어요. 물론 여전히 무대 배경은 우스꽝스러웠고, 상대 배역도 형편없었지만 시빌만은 아니었어요. 아, 어제 그녀를 보셨다면 좋았을 텐데! 그녀가 심부름하는 소녀의 옷을 입고 나왔을 때는 정말 완벽할 정도로 아름다웠어요. 황갈색 소매가 달린 초록색의 벨벳 상의, 십자 모양의 대님을 맨 길고 가는 갈색 양말, 빛나는 보석과 매의 깃털이 달려 있는 조그마한 초록색 모자, 붉은색 줄무늬가 흐릿하게 새겨진 망토. 아! 그것은 제가 여태껏 본 그녀의 모습 중 가장 아름다운 모습이었어요. 바질, 마치 당신 화실에 있는 타나그라 인형(고대 그리스에서 만든 작은 조각상)처럼 우아했지요. 그녀의 머리카락은 마치 가냘픈 장미를 감싼 검은 잎사귀처럼 얼굴을 감싸고 있었어요. 연기 실력은 오늘 밤에 보면 아시겠지요. 그녀는 정말 천재적인 예술가입니다. 음침한 객석에서 그녀를 바라볼 때면 완전히 심취해 제가 지금 런던에 있다는 사실조차 잊어버릴 지경이에요. 마치 아무도 없는 고요한 숲에서 그녀와 단둘이 속삭이는 것만 같은 느낌이었지요.

공연이 끝난 후, 저는 무대 뒤로 가서 그녀와 이야기를 나눴어요. 그러던 중 저는 그녀가 지금껏 보지 못한 표정을 짓는 것을 보았지요. 그 순간 저 또한 그녀에게 입맞추고, 우리는 키스를 나누었어요. 아, 그 느낌을 어떻게 표현할 수 있을까요! 마치 그동안 살아온 제 인생이 장밋빛의 환희로 수렴되는 것만 같았지요. 그녀는 마치 하얀 수선화처럼 몸을 떨었어요. 그러고는 제게 무릎을 꿇더니, 저의 두 손에 입을 맞추었지요. 이런 것까지 말씀드리고 싶지는 않았지만, 어쩔 수 없게 됐네요.

물론 저희가 약혼하기로 했다는 사실은 무조건 비밀로 지켜 주셔야 합니다. 저도 아직 부모님께 말씀드리지 못했어요. 제 후견인께서는 어떻게 생각하실지 잘 모르겠어요. 분명 래들리 경은 불같이 화내시겠지요. 하지만 상관없어요. 이제 성인이 되려면 채 1년도 안 남았고, 성인이 된 후에는 제 마음대로 할 수 있을 테니까요. 바질, 제게도 권리가 있는 것이겠지요? 시에서 사랑을 깨닫고, 셰익스피어의 연극에서 제 아내를 찾을 수 있는 권리 말이지요. 셰익스피어에게 말하는 법을 배운 입술들이 제 귓가로 와 비밀스러운 말을 속삭였답니다. 곧 저는 로잘린드를 껴안고, 줄리엣에게 키스한 것이지요."

바질이 말했다.

"그래, 자네가 모두 옳아. 오늘은 그 아가씨를 봤나?"

도리언은 고개를 가로저으며 말했다.

"아니요. 오늘은 그녀를 아든 숲에 남겨 두었답니다. 하지만 곧 베로나의 과수원에서 그녀를 만날 수 있겠지요."

헨리 경은 잠시 생각에 빠져 샴페인을 들이켜고는 말했다.

"도리언, 언제 결혼이라는 말을 한 건가? 그녀는 어떻게 대답했지? 뭐, 어쩌면 자네는 그것조차 모두 잊어버렸을지 모르지만 말이야."

"해리, 저는 비즈니스처럼 그녀를 대하고 싶지 않아요. 저는 아직 어떤 프러포즈도 하지 않았어요. 제가 그녀에게 사랑고백을 하자, 그녀는 자신이 제 아내가 될 자격이 없다고 말하더군요. 정말 말도 안 돼요! 어떻게 그렇게 얘기할 수 있지요? 그녀에 비하면 온 세상은 제게는 아무것도 아니에요."

"여인들은 꽤나 현실적이지. 우리보다도 분명 그럴 것이네. 그런 상황에서 남자들은 종종 결혼의 현실을 잊곤 하지만, 여인들은 우리에게 그 사실을 상기시켜 주지."

그러자 바질이 헨리 경의 팔을 잡으며 말했다.

"해리, 그렇게 말하지 말게. 도리언처럼 심성이 고운 사람이 누구에게 해를 끼칠 사람이겠나. 여차하면 자네에게 화낼 수도 있겠어."

"도리언이 내게 화낼 이유가 있겠나. 나는 그저 그래야 할 것 같은 이유를 물어본 것이네. 인간이 누구에게 질문할 때는 정당한 이유가 있는 법이지. 아, 호기심이라고 해야 더 정확하겠군. 나는 가끔 먼저 청혼하는 쪽은 여성이지 않을까 하는 생각도 하네. 물론 중산층의 경우는 예외겠지만 말이지. 중산층이 현대적인 사고를 가지고 있지는 않을 테니 말이네."

그 말에 도리언 그레이는 웃음을 보이고는 고개를 들며 말했다.

"해리, 당신은 정말 구제 불능이에요. 하지만 상관없어요. 제가 어떻게 당신에게 화낼 수 있겠어요. 어쨌든 당신 또한 시빌 베인을 보면 그녀를 해치는 사람은 짐승과 같다는 사실

쯤은 분명 아실 겁니다. 그런 짐승은 양심이라고는 찾아볼 수 없는 악한이겠지요. 누가 그런 존재를 더럽힐 수 있겠어요.

저는 너무나 시빌 베인을 사랑합니다. 그리고 저는 그녀를 황금으로 칠해진 무대에 올리고 싶어요. 그래서 온 세상 사람들이 그녀를 숭배해 마지않는 모습을 봐야겠지요. 저는 결혼을 무를 수 없는 서약이라고 생각해요. 그 점 때문에 당신은 결혼을 조롱하는 것이겠지요. 하지만 저는 그 무를 수 없는 서약을 너무나 하고 싶은 거예요. 아, 비웃지 마세요! 이제 저를 향한 그녀의 신뢰와 믿음은 그녀를 더욱더 충실한 사람으로 만들 것이고, 저를 더욱더 선량한 사람으로 만들어 줄 거예요. 그녀와 함께 있노라면 저는 그동안 해리, 당신의 이야기를 귀담아 들었다는 것이 후회스럽기도 해요. 이제 저는 당신이 생각하던 예전의 제가 아닙니다. 저는 시빌 베인과 손이 살짝 닿기만 해도 당신의 말, 그러니까 너무나 매력적이기는 하지만 치명적인 독이 들어 있는 당신의 이론을 모두 잊어버리게 되니까요."

"음, 내가 말하는 이론이라는 게 어떤 것이지?" 헨리 경은 샐러드를 집으며 물었다.

"당신이 말하는 것이지요. 인생, 사랑, 그리고 쾌락에 관한 것. 당신이 내세우는 모든 생각을 말하는 것입니다."

헨리 경은 느린 리듬의 노래를 흥얼거리는 것처럼 말했다.

"그중 이론이라고 명명할 만한 것은 쾌락뿐이겠군. 하지만 나는 내 이론을 내가 주창한 것이라고 말할 수 없네. 그것은 자연이 가진 이론이지, 내 것이 아니니까 말이지. 쾌락은 자연이 시험하고, 자연이 승인하는 법이네. 우리는 행복할 때는 항상 선한 법이지만, 정작 선하다고 해서 항상 행복한 건 아니지."

그 말에 바질이 큰 소리로 물었다.

"음, 자네가 말하는 선이라는 건 대체 어떤 걸 의미하는 건가?"

도리언 또한 의자에 등을 기대고 앉아 테이블 한가운데에 놓인 자줏빛 붓꽃 너머로 그를 바라보며 물었다.

"맞아요. 당신이 말하는 선은 대체 무엇을 의미하나요?"

헨리 경은 가는 손가락으로 유리잔을 만지며 대답했다.

"선하다는 것은 자신의 자아와 조화를 이루는 상태를 말하지. 반대로 다른 사람과 조화를 이루려 하는 상태를 우리는 부조화라고 부르지. 자기 자신의 삶에 집중하는 게 제일 중요한 가치이지 않겠나? 물론 성인군자나 청교도가 되려는 사람은 이웃의 삶에 대해 자신의 견해를 내세울 수 있겠지만, 절대 삶 자체에는 신경을 쓸 수 없을 걸세.

게다가 현대의 개인주의는 보다 고상한 목표를 가지고 있지 않나. 현대인의 도덕은 자기가 사는 시대의 기준을 받아들이는 데 있겠지. 하지만 나는 정말 교양을 갖춘 사람에게는 그 기준을 받아들이는 것이 가장 천한 짓이라고 여기네."

"해리, 하지만 인간이 자기 자신만을 위해서 산다면 언젠가 커다란 대가를 치를 수 있지 않겠나?"

"그래, 요즘 사람들은 다들 커다란 대가를 치르고 있지. 하지만 그중에서도 가난한 사람들이 겪는 진정한 비극은 자기 부정 말고는 다른 대가를 지불할 것조차 없다는 것이네. 결국 다른 아름다운 것처럼 아름다운 죄악이라 부를 만한 것은 부자들만이 누릴 수 있는 특권인 것이지."

"아니, 내 말은 돈이 아닌 다른 방식으로도 대가를 치를 수 있다는 것이네."

"바질, 어떤 방식이 있겠나?"

"양심의 가책이나 괴로움 같은…… 자신이 타락해 버렸다는 자책 같은 것이지 않을까?"

그러자 헨리 경은 고개를 갸웃거리며 말했다.

"바질, 물론 중세 예술이 매력적이기는 하지만 자네가 말하는 그런 식의 중세적인 감정은 이제 구식이 되었네. 물론 소설을 구상할 때 그런 감정이 들 수는 있겠지만, 그런 것들도 이제는 하나같이 용도 폐기된 것들이지. 내 말을 믿어. 적어도 문명인들 중에서 쾌락을 후회하는 사람은 없네. 단지 야만한 사람들만이 쾌락을 믿지 못하는 법이지."

도리언이 큰 소리로 외쳤다.

"저는 쾌락을 알아요. 그건 바로 누군가를 숭배하는 것이지요."

그 말에 헨리 경은 과일을 만지작거리며 말했다.

"적어도 숭배를 받는 것보다야 그게 훨씬 낫지 않겠지. 그런 일은 너무 귀찮으니 말이야. 하지만 여인들은 마치 인간이 신을 대하는 것처럼 우리를 숭배하고는, 자기를 위해 무언가를 베풀어 달라고 할 뿐이지."

"여인들이 무엇을 요구하든, 그것은 그들이 먼저 우리에게 준 것이 있기 때문이에요. 여인들은 우리의 본성에 사랑을 불어넣어 주었지요. 그러니 그것을 마땅히 되돌려 달라고 요구할 권리도 있는 거예요."

"도리언, 맞아. 자네 말이 맞네." 바질은 답했다.

"전적으로 맞은 건 아니지." 그 말에 헨리 경이 반박했다. 그러자 도리언이 말을 이었다.

"이번에는 제 말이 맞아요, 해리. 당신은 여인들이 남자들에게 인생의 황금기를 선사할 수 있다는 걸 인정해야만 해요."

헨리 경은 그 말에 한숨을 내쉬며 말했다.

"그럴 수도 있겠지. 하지만 여인들은 그 대가로 작은 푼돈마저 남기지 않고 모조리 받아 내려 한단 말이네. 바로 그게 문제지. 어떤 프랑스인이 말한 것처럼, 여인은 우리에게 걸작을 만들 수 있는 욕망을 불어넣지만 정작 그것을 만들지 못하게 항상 방해할 뿐이라고."

"해리, 정말 지독하네요. 제가 그동안 왜 당신을 열렬히 따랐는지 모르겠어요."

"도리언, 자네는 변치 않고 나를 좋아할 걸세. 자, 이제 커피나 한잔하지. 웨이터! 여기 판샹파뉴(fine champagne)와 담배 좀 가져다주게. 아, 담배는 됐네. 나한테 몇 개비가 있었구먼. 바질, 자네는 시가를 피우지 말고 궐련을 피우게. 오직 궐련이 쾌락을 이룰 수 있는 가장 완벽한 형태지. 너무나 오묘하지 않은가? 궐련은 언제나 사람을 만족하지 못한 상태로 남겨 두니 말이네. 그 이상 뭐가 필요하겠나. 도리언, 다시 말하건대 자네는 나를 항상 좋아하게 될 거야. 나는 자네가 용기가 부족한 것 때문에 해내지 못하는 모든 죄악을 모두 자네에게 펼쳐 줄 테니까."

도리언은 웨이터가 테이블 위에 올려놓은 담뱃불로 불을 붙이고는 큰 소리로 외쳤다.

"해리, 대체 왜 그토록 가당찮은 소리를 하시는 겁니까! 자, 일단 다들 극장으로 가시지요. 시빌을 본다면 당신은 삶의 새로운 이상을 가지게 될 것입니다. 그동안 당신이 깨닫지 못했던 것, 그것을 시빌은 분명 당신에게 보여 줄 수 있을 것입니다."

헨리 경은 잠시 피로한 기색을 보이며 말했다.

"흠, 난 모르는 것이 없네. 하지만 언제나 새로운 감정을 받아들일 자세는 되어 있지. 하지만 정녕 그런 것들은 어디 있는지 알 수가 없지. 결국 새로운 감정이라는 건 없는 법이니까. 물론 나도 연기를 좋아하니, 자네가 말한 아가씨가 나를 매료시킬 수는 있겠군. 때로는 연기가 실제 삶보다도 현실을 더욱 현실처럼 보이게 하니까 말이네.

아무튼 이제 자리를 옮기지. 도리언은 나와 같이 가고, 바질, 자네는 이륜마차로 따라오게나. 사륜마차 자리는 두 개뿐이니 말이네. 미안하네."

세 사람은 자리에서 일어나 외투를 걸치고는 커피를 마셨다. 바질은 잠시 어두운 기색으로 무언가를 골똘히 생각했다. 그로서는 이 결혼을 받아들일 수 없었다. 하지만 다른 일보다는 어쩌면 이 일이 일어나는 게 다행일지도 모른다는 생각도 했다. 잠시 후, 그는 혼자 이륜마차를 타고 가며 자신보다 앞서 가는 사륜마차의 불빛을 바라보았다. 이제 다시는 도리언이 예전처럼 자신을 대해 주지 못할 것이라는 확신이 들었다. 그들 사이에 '삶'이 개입하고 만 것이다……. 이내 눈앞은 어두워지고, 사람들로 북적이는 거리가 희미하게 보였다. 마차가 극장에 멈추어 섰을 때, 바질은 그간 몇 년이나 나이를 먹은 것 같은 기분이 들었다.

7

무슨 이유에서인지 그날 극장은 사람들로 만원이었다. 그 뚱뚱한 유대인은 입이 찢어질 듯한 웃음으로 연신 굽실거리며 그를 맞았다. 그는 보석을 매단 손을 흔들며 그들을 객석으로 안내했다. 도리언은 여느 때보다 그의 모습이 역겨웠다. 마치 미란다(셰익스피어의 「템페스트」에 나오는 출중한 여인)를 보기 위해 왔다 칼리반을 만난 듯한 기분이었다. 하지만 헨리 경은 그런 그의 모습이 마음에 들었다. 헨리 경은 유대인에게 그런 마음을 표하고는 악수를 나누기까지 했다. 심지어 시인 때문에 파산까지 감수한 인물을 경이롭게 보는 듯했다. 바질은 1층석에 앉은 관객들의 얼굴을 바라보며 설레는 마음을 감추지 않았다. 실내의 공기는 숨이 막힐 것처럼 뜨거웠고, 거대한 천장의 불은 마치 노란 달리아 꽃처럼 이글거렸다. 맨 위층에 앉은 사람들은 외투를 벗어 옆자리에 걸쳐 놓았다. 그들은 맞은편의 지인들과 인사를 주고받더니, 옆에 앉은 관능적인 여인들과 오렌지를 나누어 먹기도 했다. 아래층에 앉은 어떤 여인들은 웃음을 터뜨렸는데, 그 웃음은 너무나 날카롭고 부산스러웠다. 바에서는 이따금 코르크 마개를 따는 소리가 들려오기도 했다.

"바로 이곳에서 그토록 신성한 대상을 찾았다는 말이지?"

헨리 경의 물음에 도리언이 답했다.

"맞아요. 그녀는 살아 있는 어떤 것보다도 신성한 존재지요. 그녀의 연기를 본다면 분명 속세의 모든 것을 다 잊게 되실 거예요. 험상궂은 이곳의 사람들도 그녀의 무대를 보면 더없이 얌전해지곤 합니다. 그러고는 그녀의 연기를 보며 감정을 이입하지요. 마치 그녀가 관객들을 연주하는 것만 같다니까요. 그녀는 사람들을 정화시켜 마치 누구든 이웃들이 자신과 똑같은 육신과 피를 지녔다는 일체감을 느끼게 하지요."

헨리 경은 오페라글라스로 위층의 관객들을 훑어보며 말했다.

"나와 똑같은 육신과 피라니. 너무 끔찍한걸."

그러자 바질이 말했다.

"저 친구 말에는 크게 신경 쓰지도 않아도 되네. 자네가 한 말이 무엇인지 나는 다 이해하지. 그리고 그 아가씨가 그런 사람인 것도 믿네. 자네가 사랑하는 이라면 분명 너무나 신성한 사람일 거야. 또 자네 말처럼 자네에게 그런 영향을 줄 수 있는 사람이라면 분명 고귀한 분일 걸세. 자기 시대를 영적으로 정화한다는 것은 너무나 가치 있는 일이지. 그 여인이 영혼 없이 사는 보통 사람들에게 영혼을 일깨워 준다면, 추잡한 삶을 사는 이들에게 아름다움을 의식하게 해 준다면, 그래서 사람들이 자신들이 지닌 이기심을 벗어던지고 자신이 아닌 다른 이들의 슬픔에 연민을 느낄 수 있다면, 그 여인은 마땅히 자네는 물론이고 온 세상 사람들의 숭배를 받을 자격이 있네. 자네가 말한 결혼도 결국 옳은 결정이겠지. 처음에는 의아하기도 했지만, 지금은 인정하지 않을 수 없네. 마치 자네를 위해 신이 시빌 베인을 눈앞에 가져다 놓아 준 것 같군. 이제 그녀가 없으면 자네 또한 완벽해질 수 없을 걸세."

도리언은 바질의 손을 꼭 잡으며 말했다.

"바질, 너무나 고마워요. 제 말뜻을 정확히 이해하셨군요. 해리는 너무나 냉소적이어서 탈이란 말이에요. 그는 항상 저를 겁에 질리게 만들지요. 자, 저기 오케스트라 보이시지요. 물론 실력이 허접하기는 하지만, 한 5분 정도만 참으신다면 곧 보실 수 있을 거예요. 제가 저의 모든 삶을 다 바치려고 하는, 그리고 제게 모든 것을 선사하는 그 여자를요!"

그렇게 얼마의 시간이 흐르고, 마침내 열렬한 박수를 받으며 시빌 베인이 무대에 올랐다. 그녀는 정말 보면 볼수록 아름다운 존재였다. 헨리 경 또한 그동안 자신이 본 사람 중 가장 아름다운 존재라고 칭송했다. 그녀의 우아하면서도 수줍은 듯 놀란 눈은 마치 어리고 여린 사슴이 깜짝 놀란 눈 같았다. 사람들도 만원이고, 열광적인 분위기의 객석을 둘러보던 그녀의 뺨에 어느새 장미꽃처럼 여린 홍조가 피어올랐다. 잠시 당황하던 그녀는 몇 발 뒤로 물러섰고, 입술은 파르르 떨리는 듯했다. 그때 바질이 자리에서 일어나 박수를 보내기 시작했다. 도리언은 마치 꿈에 빠진 사람처럼 꼼짝도 하지 않은 채 그녀를 바라보았다. 헨리 경은 그녀의 모습을 보며 너무 아름답다고 중얼거리기 바빴다.

이윽고 무대가 시작됐다. 캐풀렛 가 저택의 홀, 순례자의 복장을 한 로미오와 머큐쇼가 다른 이들과 무대 중앙으로 들 어왔다. 밴드가 변변찮은 음악을 연주하고 이내 그들은 춤을 추었다. 추레한 배우들 사이로, 시빌 베인이 그들과는 다른 아름다운 세상에서 온 존재인 것처럼 나타나 춤추었다. 그녀 의 몸은 수초가 물살에 흔들리듯 하늘하늘했고, 그녀의 목덜 미를 이루는 곡선은 마치 청아한 백합화 같았다. 그녀의 손은 마치 상아로 만든 것처럼 산뜻해 보이기까지 했다.

하지만 그날따라 그녀는 좀처럼 활기가 보이지 않았다. 그 녀의 눈이 로미오를 향해 있을 때에도 전혀 환희에 찬 표정이 나타나지 않았다. 그녀의 대사는 마치 연극의 배역을 연기하 기 위해 억지로 말해야 하는 것 같은 정도에 불과했다.

선한 순례자여, 그대의 손에 대해 너무 모질게 말하지 마 세요.

그 손을 보니 얼마나 헌신하셨는지 알 수 있을 것만 같습 니다.

성자들은 순례자의 손을 잡으려 하는 법이니,

손과 손이 맞닿는 것은 곧 성스러운 순례자들이 입을 맞추는 것이겠지요.

그녀의 목소리는 여전히 아름다웠지만, 어조는 너무나 어색했다. 그녀의 음성은 마치 시의 생명을 앗아 가는 듯했다. 이내 그녀의 모습마저 괴이하게 느껴졌다.

도리언 그레이의 낯빛은 창백해졌다. 그는 너무나 불안하고 당황스러웠다. 바질과 헨리 경도 못마땅해하기는 마찬가지였다. 지금 그들에게 그녀는 너무나 미천한 연기자일 뿐이었다. 하지만 그들은 줄리엣을 제대로 평가하기 위해서는 2막의 클라이맥스를 보아야 한다고 생각했다. 이 장면마저 형편없다면 그녀는 연기자로서의 자질을 찾아볼 수 없는 것이었다.

발코니 장면이 시작되었다. 달빛 속에서 등장하는 그녀의 모습은 너무나 고혹적이었다. 이것만큼은 함부로 부정할 수 없었다. 하지만 그녀는 그 장면에서도 너무나 작위적인 연기를 펼쳐 보는 사람들을 당황스럽게 했다. 시빌은 모든 대사 하나하나에 필요치 않은 과장을 섞어 표현했다.

그대는 제 얼굴을 밤의 가면이 가리고 있다는 걸 아실 테지요.
가면을 쓰지 않았다면, 소녀는 수줍음으로 볼이 붉어지고 말았을 거예요.
오늘 밤, 그대가 제 말을 엿들었기 때문이지요.

이토록 고귀한 대사를, 그녀는 마치 허접한 화법 선생한테 배운 학생처럼 단지 발음에만 신경을 쓰며 내뱉을 뿐이었

다. 그녀가 발코니에 기대어 했던 대사도 이와 별반 다르지
않았다.

> 그대와 함께 있을 때면 더없이 기쁘지만
> 오늘 밤, 이 약속만큼은 전혀 기쁘지 않아요.
> 너무 성급하고, 너무 경솔하며, 너무 갑작스러우니까요.
> 마치 '번개가 쳐요.'라고 말하기도 전에
> 사라지고 마는 번개와 같지요. 사랑하는 이여, 잘 가요!
> 여름의 숨결 속에서 피어난 이 사랑의 꽃봉오리는
> 다음번 우리가 다시 만날 때는 아름다운 꽃으로 피어날 겁
니다.

그녀는 이 훌륭한 대사를 마치 자신과는 동떨어진 듯한 소
리로 내뱉었다. 긴장한 것은 아니었다. 그녀는 너무나 침착하
게 연기했다. 그저 그녀의 실력이 형편없을 뿐이었다. 그녀는
너무나 틀려먹은 연기자였다.

이제는 1층의 뒤쪽 좌석과 맨 위층의 미천한 관객들조차
연극에 흥미를 잃고 말았다. 그들은 안절부절못하더니 이내
시끄럽게 떠들면서 휘파람까지 불었다. 그러자 2층 뒤편에
있던 유대인은 화가 나 그들에게 욕을 해 대기 시작했다. 오
직 시빌만이 당황하지 않고 연기할 뿐이었다.

2막이 끝난 후에는 그녀를 향해 야유가 쏟아졌다. 헨리 경
은 자리에서 일어나 외투를 걸치며 말했다.

"도리언, 그녀는 정말 아름답네. 하지만 연기는 자네가 말

했던 것만큼은 아니군. 그럼 이만."

그러자 도리언은 냉소적인 말투로 답했다.

"저는 끝까지 볼 겁니다. 해리, 저녁 시간을 낭비하게 해 드려서 죄송하네요. 두 분 모두에게 사과드리지요."

그때 바질이 말했다.

"흠, 오늘 저분의 컨디션이 좋지 않은 건 아닐까. 다른 날에 다시 보러 와야겠어."

"저도 그런 거였으면 좋겠네요. 하지만 오늘 그녀는 예전과 너무 달랐어요. 어젯밤까지만 해도 그녀는 더없이 아름다운 예술가였지만, 오늘은 그저 뻣뻣하고 형편없는 연기를 하는 하급 배우일 뿐이었어요."

"도리언, 그래도 자네가 사랑하는 이에게 그렇게 모질게 말해서 되겠나. 사랑은 그런 예술보다 훨씬 더 경이로운 법이니까."

그 말에 헨리 경이 끼어들며 말했다.

"사랑이나 예술이나 그저 모방의 형태 중 하나일 뿐이야. 어쨌든 이제 가지. 도리언 자네도 더 이상 이곳에 있지 말게. 저런 허접한 연기를 봐서 자네에게 무슨 소용이 있겠나. 더구나 자네는 저 사람이 연기하는 것을 원치도 않을 것 같은데. 줄리엣을 저렇게 목각 인형처럼 연기한 것이 자네에게 무슨 상관이겠나? 그녀는 존재하는 것만으로도 충분히 아름다운 여인이지. 그녀가 연기 실력만큼 인생에 대해서도 모른다면, 자네에게는 분명 흥미로운 경험이 될 것 같네.

정말 매력적인 사람들은 단 두 부류뿐이지. 모든 것을 아는 사람, 그리고 모든 것을 전혀 모르는 사람. 아아, 그렇게 슬픈 표정 짓지 말게. 본인의 격에 어울리지 않는 표정을 짓지 않는 것이야말로 영원한 젊음을 유지하는 법일 테니 말이야. 자, 우리 클럽에 가는 것은 어떨까? 그곳에 가서 담배를 피우며 시빌의 아름다움을 위해 건배도 하고. 아름다우면 됐지, 더 이상 뭘 바라겠나?"

그러자 도리언이 큰 소리로 외쳤다.

"해리, 당신이나 가요! 바질, 당신도 가세요! 혼자 있고 싶네요. 아아, 제 가슴이 무너지는 게 보이시나요?"

그의 눈에서 어느새 뜨거운 눈물이 흘렀다. 이내 그는 입술을 떨더니 관람석 뒤로 달려가 벽에 기댄 채 양손에 얼굴을 묻고는 흐느껴 울었다. 헨리 경은 불현듯 부드러운 목소리로 바질에게 가자는 말을 건넨 뒤, 극장을 빠져 나왔다.

잠시 후 3막이 시작되었고, 도리언 그레이는 관람석으로 돌아왔다. 연극은 너무나 지루했다. 관객들은 발로 바닥을 구르고는 서로 수다를 지껄이다가 자리를 무단으로 이탈했다. 거의 반 정도가 빠져나간 듯했다. 이번 연극은 분명 실패였다. 심지어 마지막 막 때는 객석에 사람을 거의 찾아볼 수 없었다. 그저 불평을 터뜨리는 소리와 수다를 나누는 소리만 들렸을 뿐이었다.

연극이 끝나자마자 도리언은 무대 뒤로 달려갔다. 뜻밖에도 시빌은 의기양양한 표정을 짓고 있었다. 그녀의 두 눈은 다시 아름다운 불꽃처럼 타오르고, 더할 나위 없이 매력적인 후광을 뿜는 듯했다. 그녀의 입술은 마치 자기만의 비밀을 간직한 것처럼 가만히 미소 짓고 있었다. 자신에게로 오는 도리언을 보자, 그녀는 한없이 기쁜 표정으로 말했다.

"도리언, 오늘 밤 저의 연기를 보셨지요! 너무나 형편없었잖아요!"

도리언은 어이없다는 표정으로 그녀를 바라보며 말했다.

"맞아요. 너무나 끔찍했지요. 어디 아프기라도 한 거예요? 당신은 오늘 연기가 어땠는지 전혀 모르는 듯하네요. 아아, 내 가슴이 얼마나 무너져 내리는 것만 같았는지 당신은 모를 거예요."

그러자 시빌은 미소를 지으며 아름다운 목소리로 그의 이름을 길게 늘이며 부르고는 답했다.

"도리언, 당신은 저를 이해해 주셨겠지요. 설령 그렇지 못했다 하더라도, 지금은 저를 이해해 주실 수 있을 거예요. 맞지요?"

"네? 대체 뭘 이해하라는 건가요?"

"오늘 밤 제 연기가 왜 그토록 이상했는지를요. 그리고 앞으로도 계속 제 연기가 형편없을 것이고, 앞으로도 더는 훌륭한 연기를 펼칠 수 없다는 사실을요."

그러자 도리언은 고개를 갸웃거리며 말했다.

"아아, 정말 아픈가 보군요. 명심해요. 컨디션이 안 좋을 때는 무대에 오르면 안 돼요. 그런 상태에서 연기한다면 주변 사람들의 조롱거리만 될 뿐이에요. 오늘 당신을 본 제 친구들도 얼마나 지루해 했는지 몰라요. 저도 마찬가지였고요."

하지만 시빌은 그의 말을 별로 주의 깊게 듣는 것 같지 않았다. 어린아이처럼 마냥 즐거워하는 그녀는 전과 분명 다른 사람 같았다. 그녀는 마치 행복에 도취되어 얼이 나간 것만 같았다.

"도리언! 당신을 만나기 전까지는 그저 연기만이 제 삶의 유일한 존재 이유였어요. 저는 그러한 삶만이 저를 살게 해 준다고 믿었지요. 그래서 기꺼이 로잘린드가 되고, 포셔(셰익스피어의 「베니스의 상인」에 나오는 인물)가 될 수 있었어요. 베아트리체(셰익스피어의 「헛소동」에 나오는 인물)의 기쁨은 곧 저의 기쁨이었고, 코딜리아(셰익스피어의 「리어 왕」에 나오는 인물)의 슬픔은 곧 저의 슬픔이었답니다. 저는 제가 연기하던 배역, 그리고 연기하던 무대 배경이 제 삶의 전부였어요. 모든 것을 곧이곧대로 믿었지요. 저에게는 동료 연기자들이 신과 같은 존재였어요. 그게 제가 믿고 있는 유일한 현실이었으니까요.

그런 저에게 당신이 나타난 거예요! 오, 아름다운 나의 연인이여! 당신이 제 여린 영혼을 구원해 주었다고요! 당신은 저에게 진짜 현실이 무엇인지 알려 주었어요. 오늘 밤, 저는 난생처음 제가 그동안 연기했던 모든 것이 얼마나 허황되고 공허하며 우스꽝스러운 것인지 알게 되었어요. 저는 오늘에서야 로미오가 얼마나 가증스러운 사람인지를, 과수원의 달빛이 얼마나 거짓으로 덧칠해진 것인지를 알았지요. 그 장면 또한 속된 것인지! 이제 저는 제가 내뱉던 대사가 다 거짓이고, 제가 하려던 말이 아니라는 걸 깨달았어요. 당신은 제게 그런 미천한 것보다 더 아름다운 것이 존재한다는 것, 그리고 모든 예술은 단지 허황된 그림자에 불과하다는 것을 알게 해 주셨답니다. 맞아요. 당신 덕분에 저는 사랑이 진정으로 어떤 것인지를 알게 된 거예요! 오, 나의 사랑이여! 아름다운 왕자님! 내 인생의 왕자님이여!

저는 이제 그처럼 허황된 것에 질려 버리고 말았어요. 이제는 당신만이 어떤 예술보다 더 아름답고 소중한 존재지요. 연극 속의 꼭두각시가 저와 무슨 상관이 있겠어요? 사실 오늘 밤 무대에 오를 때만 해도, 저는 그동안 믿었던 모든 것이 사라진다면 어떻게 될지 전혀 알지 못하고 있었어요. 그저 오늘도 훌륭한 연기를 해야겠다고만 생각했지요. 하지만 오늘 당신을 마주한 순간, 저는 아무것도 생각할 수 없었어요. 이내 제 영혼 속에서 강렬한 무언가가 올라왔지요. 사람들은 저를 보고 야유하기 바빴지만, 저는 조용히 미소를 지었어요. 그처럼 막돼먹은 사람들이 어찌 우리의 고귀한 사랑을 이해할 수 있겠어요? 도리언, 이제 저를 데려가 주세요. 우리 둘만이 사랑의 대화를 나눌 수 있는 곳으로! 이제 저는 무대가 싫어졌어요. 제가 전혀 느끼지 못하는 감정을 흉내 낼 수는 있겠지만, 이제 저 자신을 애태우는 이 감정은 도저히 흉내 낼 수 없어요. 도리언, 그것이 어떤 것인지는 잘 알겠지요? 설령 제가 누군가와 사랑을 나누는 연기를 하더라도, 그 연기는 이제 신성 모독같이 느껴져요. 당신은 저에게 그런 감정을 깨닫게 했어요!"

"당신은…… 내 사랑을 죽였어."

도리언은 이렇게 말하고는 소파에 털썩 주저앉아 버렸다. 그녀는 깜짝 놀란 채 그를 바라보다가 이내 웃음을 터뜨렸다.

도리언은 그저 멍하니 있을 뿐이었다. 시빌은 다시 그에게 다가가 고운 손으로 그의 머리카락을 쓰다듬었다. 그러고는 무릎을 꿇고 그의 손에 입을 맞추었다. 하지만 도리언은 그 손을 뿌리치더니 벌떡 일어나 온몸을 떨며 말했다.

"그래, 당신이 내 사랑을 죽이고 말았어. 예전에는 당신이 내 상상력을 북돋웠지만, 이제는 내게 어떤 호기심도 일으키지 않아. 내가 당신을 사랑한 것은 당신이 더없이 훌륭한 재능을 지녔기 때문이었어. 당신은 위대한 시인이 바라던 꿈을 이루어 내 예술을 세상에 드러낼 수 있는 사람이었는데! 당신이 모든 걸 망쳐 버리고 말았어. 아아, 정말 어리석었어! 내가 이런 사람을 사랑했다니! 이제 당신은 내게 아무것도 아니야.

내가 얼마나 바보 같았는가! 나는 이제 더는 당신을 보지 않을 거야. 이름도 말하지 않을 것이고, 생각도 하지 않을 거야. 한때 당신이 내게 어떤 사람이었는지…… 아, 한때라니…… 너무나 괴로워. 당신에게 연정을 품는 게 아니었어. 당신은 내 로맨스를 더럽히고 말았어. 사랑 때문에 당신의 예술이 망가져야 한다고 말한다면, 분명 당신은 제대로 된 사랑을 모르고 하는 말이겠지. 당신의 재능이 없다면, 당신은 아무것도 아니야. 나는 당신을 빛나게 해 주고, 세상의 칭송을 받는 배우가 되게 해 주고 싶었어. 하지만 지금 당신은? 아아, 그저 예쁜 얼굴을 지닌 미천한 배우일 뿐이라고!"

얼굴이 창백해진 시빌은 몸을 떨기 시작했다. 이내 그녀는 도리언의 손을 맞잡으며 당황한 목소리로 말했다.

"도, 도리언, 진심으로 하는 말은 아니지요? 혹시 연기인 건가요?"

"뭐, 연기? 그건 당신이 하는 짓이지. 당신은 그런 짓을 잘 하잖아!" 그는 매정하게 말했다.

시빌은 괴로워하며 일어나 애처로운 표정으로 그에게 다가갔다. 그러고는 그의 팔에 손을 얹은 채 그의 눈을 바라보았다.

"만지지 마!"

도리언은 그녀를 밀쳐 내며 소리쳤다. 그녀의 입에서 나지막한 신음이 새어 나왔다. 그녀는 마치 짓이겨진 꽃잎처럼 그의 발밑에 쓰러져 나지막이 말했다.

"아, 도리언! 부디 저를 버리지 말아 주세요! 제가 연기를 못 해서 그렇다고 하셨지요? 정말 죄송해요. 제가 당신만을 바라보다 생긴 일이에요. 하지만 이제 다시 노력할게요. 너무나 급작스럽게 사랑이 찾아와서 그래요. 당신이 저와 입맞추지 않았다면, 저는 평생 사랑을 모른 채 살 수 있었겠지요. 아, 다시 키스해 주세요! 이제 당신이 제 곁을 떠나면 저는 견딜 수 없을 것만 같아요!

제 동생은…… 아, 아니에요. 신경 쓰지 마세요. 진심에서 한 말은 아닐 테니…… 아아, 도리언! 오늘 밤 저를 용서해 주실 수는 없는 건가요? 이제 예전보다 더 잘할 수 있도록 노력할게요. 저는 이 세상 그 어떤 것보다 당신을 사랑한단 말이에요! 그러니 부디 가혹하게 대하지 말아 주세요! 생각해 보신다면, 제가 당신을 기쁘게 해 드리지 못한 게 이번 한 번뿐이라는 걸 잘 아실 거예요. 도리언, 당신 말이 맞아요. 저는 평범한 연기자 이상으로 제 실력을 드러냈어야만 했어요. 그러지 못한 제가 바보 같았지요. 하지만 그때는 어쩔 수 없었어요. 그러니 부디, 떠나지 마요! 제 곁을 떠나지 말아 주세요!"

흐느끼며 외치던 그녀는 목이 메어 있었다. 마치 큰 상처를 입은 사람처럼 그녀는 바닥에 웅크린 채 앉아 있었다. 도리언 그레이는 그녀를 내려다볼 뿐이었다. 그의 입술은 어느새 경멸한 감정을 내뿜듯 뒤틀어졌다. 인간은 더 이상 사랑하지 않는 사람이 외치는 감정에 그저 비웃음만 나올 뿐이다. 그에게는 그런 시빌의 행동이 마치 신파처럼 들렸고, 그녀의 눈물이 오히려 그를 짜증나게 했다. 이내 도리언은 냉정하고 차분하게 말했다.

"이제 가야겠어. 차갑게 굴고 싶지는 않았지만, 이제 나는 다시 당신을 만날 수 없겠지. 당신은 나를 실망하게 했으니까."

그녀는 가만히 운 채로 아무 대답도 하지 못하다가 그에게 조심스레 기어서 다가갔다. 그녀는 무턱대고 사방에 두 손을 뻗어 더듬거리며 그를 찾으려 했다. 하지만 도리언은 어느새 획 뒤로 돌고는 서둘러 방을 나와 버리고 말았다.

극장을 나온 도리언은 자신이 어느 곳으로 가는지도 전혀 알지 못했다. 그저 검은 그림자로 가득 찬 음산한 길과 집들을 지나 희미한 불빛만이 비치는 거리를 헤매 다닌 기억만 있을 뿐이었다. 어떤 여인들은 쉰 듯한 목소리로 기분 나쁘게 웃으며 그를 부르며 다가왔다. 주정뱅이들은 서로 요란스럽

게 지껄이며 욕설을 뱉고는 그의 곁을 스쳐 지나갔다. 괴이해
보이는 아이들은 어느 문간에 옹기종기 모여 앉아 있었고, 음
침한 어느 집의 마당에서는 날카로운 비명과 욕이 들려왔다.

동이 터 올 때가 되어서야. 도리언은 자신이 코벤트 가든
(영국 최대의 청과물 시장이 있는 곳) 근처까지 왔다는 것을 깨달
았다. 차츰 어둠이 걷히며, 어둑하기만 하던 하늘이 진주 빛
처럼 밝아 오기 시작했다. 백합꽃을 가득 실은 짐마차는 덜컹
거리며 지나갔다. 거리에 가득한 꽃향기와 만발한 꽃을 보며
도리언은 어느 정도 마음을 가라앉혔다. 그는 수레를 따라 시
장으로 들어가 사람들이 짐을 내리는 광경을 바라보았다. 하
얀 작업복을 입은 짐꾼이 불현듯 그에게 몇 개의 체리를 건네
주었다. 그는 값을 치르려고 했지만, 짐꾼은 돈을 받지 않았
다. 어쨌든 그는 체리를 조금씩 집어 먹었다. 한밤중에 딴 체
리에서 서늘함이 느껴졌다.

이어 줄무늬가 있는 튤립과 다양한 빛깔의 장미를 담은 상
자를 나르는 소년들이 청록색 야채 더미를 지나 그의 앞을 지
나갔다. 햇빛에 바랜 회색 기둥이 늘어선 어떤 현관 아래에서
는 남루한 옷차림의 소녀들이 모자도 쓰지 않은 채 경매가 끝
나기를 오매불망 기다리고 있었다. 어떤 소녀들은 커피를 파
는 곳 주변에 몰려 있기도 했다. 육중한 짐을 끄는 말들은 마
구(馬具)와 종을 흔들며 울퉁불퉁한 돌멩이 사이를 지나갔다.
어떤 마부는 자루 더미 위에서 늘어지게 잠을 청하고 있었다.
무지개 빛깔을 지닌 목에 분홍색 발을 한 비둘기들은 그 주변
에 흩어진 씨앗을 쪼아 먹으며 몰려다녔다.

얼마 후, 그는 이륜마차를 타고 집으로 돌아왔다. 그러고는 현관 층계에 서서 꽉 닫힌 창 너머로 가리개가 늘어선 주택가의 모습을 바라보았다. 이내 불투명한 흰빛의 하늘 아래 주택의 지붕들이 은색 빛깔을 뿜냈다. 맞은편 굴뚝에서는 가느다란 연기가 피어올라 허공을 뚫고는 하늘을 휘감은 채 솟아올랐다.

참나무로 마감한 현관 입구의 천장에는 큼직한 베네치아 등잔이 있었다. 이것은 베네치아 공화국 총독의 바지선에서 발굴한 것이었다. 그 등잔에는 아직 불길이 타오르고 있었다. 그 불길은 파란 꽃잎 같아 보이기도 했다. 그는 등잔불을 끄고는 외투를 테이블 위에 집어 던진 뒤, 서재를 지나 침실로 향했다. 커다란 팔각형 모양의 1층 침실은 그가 직접 호사스럽게 장식하고, 셀비 로열에 있는 빈 다락방에서 찾아낸 르네상스풍의 진귀한 태피스트리(다채로운 색을 지닌 실로 그림을 짜 넣은 직물)가 걸려 있었다.

침실 문을 열고 들어선 그의 눈에 바질이 그린 자신의 초상화가 들어왔다. 깜짝 놀란 그는 뒤로 물러설 수밖에 없었다. 잠시 당혹스러워하다 이내 방 안으로 들어선 그는 잠시 머뭇거리고는 마침내 그 초상화를 다시금 자세히 들여다보았다. 흐린 노란빛으로 비치는 초상화의 얼굴이, 그가 보기에는 분명 조금 변한 듯했다. 심지어 표정도 약간 바뀌어 있었다. 다른 사람이 이 모습을 봤다면, 아마 입가 주위로 은근한 극악무도함이 비친다고 이야기했을 표정이었다. 분명히 표정은 바뀌어 있었다.

그는 창가로 가서 가리개를 걷어 올렸다. 이내 강하게 밀려들어 온 새벽빛이 몽환적인 어둠을 물러가도록 해 주었다. 그럼에도 그 이상한 표정은 여전히 그대로였다. 오히려 그 표정은 더욱더 선명하게 느껴져 입가 주위에 잔혹한 윤곽은 더욱 뚜렷이 보였다. 마치 어떤 끔찍한 일을 저지르고는 거울에 비친 자신의 모습을 바라보는 것만 같았다.

움찔한 그는 테이블 위에서 헨리 경이 자신에게 준 선물인 거울을 집어 들었다. 그는 큐피드 모양의 틀로 된 거울로 자신의 얼굴을 가만히 바라보았다. 하지만 자신의 붉은 입술에는 초상화처럼 잔인한 윤곽이 보이지 않았다. 대체 어떻게 된 일인가!

그는 눈을 비비고 다시 초상화를 살펴보았다. 전체적인 그림을 바라볼 때는 아무 변화도 느낄 수 없었겠지만, 분명 표정이 바뀐 것은 분명했다. 환각 상태로 보는 것도 아니었다. 너무나 놀랍게도 실제로 일어난 일이었다.

잠시 혼란스러워하던 그는 의자에 몸을 내던지다시피 가서 앉고는 여러 생각에 잠겼다. 초상화가 완성된 날, 도리언은 화실에서 자신이 한 말을 떠올렸다. 그는 한 글자도 빼먹지 않고 자신이 했던 말을 모두 기억했다. 그는 자신은 영원한 젊음을 유지하고, 초상화가 자신을 대신해 늙어 가기를 바랐다. 말도 안 되는 바람이라 여겼다. 그것은 한낱 초상화가 자신의 욕망과 죄의 무게를 짊어지게 하는 것이었고, 고통과 번민 끝에 생긴 주름을 대신 떠안게 하려는 것이었다. 반면 자신은 자긍심으로 가득 찬 청년의 섬세한 아름다움을 간직

하려 하다니. 그런 바람이 실제로 이루어질 리는 없다고 여겼다. 정말 가당찮은 일이었다. 하지만 지금 그의 앞에 놓여 있는 초상화의 입가는 잔인한 표정을 보이고 있었다.

잔인함! 자신이 잔인했다는 것인가? 아니다. 그것은 분명 그녀가 잘못한 데서 비롯된 것이다. 도리언은 그녀가 위대한 예술가가 되기를 바랐고, 그녀가 위대했기 때문에 사랑을 퍼주었다. 하지만 시빌은 그런 도리언을 실망시키고 말았다. 이제 도리언에게 그녀는 그저 보잘것없는 존재가 되었다. 하지만 그녀가 자신의 발밑에서 흐느끼던 모습을 떠올리니, 더없이 애처로운 마음이 들기도 했다. 도리언은 그때 자신이 얼마나 냉소적으로 그녀를 바라보았는지를 떠올렸다. 그는 그때 대체 왜 그렇게 모진 짓을 한 것일까? 어떻게 그런 감정을 표출한 것일까? 하지만 도리언도 괴롭기는 매한가지였다. 그토록 끔찍한 연극이 이어진 세 시간여 동안, 그는 마치 고통과 고문으로 영겁의 세월을 보낸 것만 같았다. 그의 인생도 그녀의 인생만큼 가치 있는 것이었다. 그가 그녀에게 평생토록 남을 상처를 줬다면, 그녀는 단지 한순간에 그에게 상처를 줬을 뿐이다. 더욱이 남자보다는 여인들이 슬픔을 잘 견디는 법 아니겠는가.

여인은 감정을 먹고 사는 존재들이다. 그들은 오로지 자신의 감정을 최우선으로 생각한다. 그들이 연인의 길을 택하는 것은 누군가와 같이 있음으로써 자신을 내세우려는 것이다. 헨리 경이 그에게 해 준 말이었다. 헨리 경은 여인이 어떤 존재인지를 이미 꿰뚫고 있었다. 그렇다면 그가 시빌 때문에 괴로움에 몸부림칠 이유는 없는 것이다. 이제 도리언에게 그녀는 아무것도 아닌 존재인 것이다.

하지만 초상화! 이에 대해서는 대체 어떻게 말할 수 있을까? 바질이 그려 준 초상화는 바질의 삶을 투영하고, 바질이 거쳐 온 삶의 비밀을 지니고 있었다. 바질의 초상화는 도리언에게 자신의 아름다움을 사랑하라고 일러 주었다. 그런 초상화가 이제 스스로를 혐오하라고 가르친다면? 그 그림을 정녕 다시 볼 수 있겠는가.

아닐 것이다. 이것은 분명 잠시 혼란스러워져 생긴 환영(幻影)에 불과할 것이다. 그가 경험한 끔찍한 밤이 환영을 남겨 둔 것이겠지. 「오셀로」에서 사람들을 미치게 만들었다는 그 열렬한 불빛이 이제 그의 뇌에 옮겨 붙은 것인지도 몰랐다. 초상화의 모습이 변할 리는 만무하지 않은가. 도리언은 그림이 변했다고 생각하는 자신이 잠시 한심스럽기까지 했다.

하지만 분명, 초상화는 어딘가 일그러져 있었다. 물론 여전히 아름다웠지만, 그 얼굴에는 잔인함이 엿보였다. 초상화의 빛나는 머리카락은 이른 아침의 햇살을 받아 반짝거렸다. 이내 초상화의 푸른 눈과 도리언의 눈이 마주쳤다. 문득 도리언은 자신이 아닌, 그 초상화의 모습을 향해 연민의 감정이 들었다. 초상화는 분명 변했고, 그렇다면 앞으로도 계속 변할 것이었다. 이토록 빛나는 머리카락은 이내 하얘지고 말 것이다. 초상화 속의 붉은 장미와 흰 장미는 어느새 시들어 죽고 말 것이다. 자신이 어떤 죄악을 범할 때마다, 이토록 아름다운 얼굴은 점점 퇴색되고 말 것이다. 이제 도리언은 더 이상 죄를 짓지 않아야겠다고 생각했다. 초상화가 변하든 변하지 않든 이제 그것은 자신에게 양심을 보여 주는 징표가 되었다. 이제는 헨리 경도 만나지 말아야겠다는 생각이 들었다. 그는 난생처음 불가능한 것을 꿈꾸게 만든 그의 간교한 이론들을 귀담아듣지 말아야겠다고 다짐했다.

그는 다시 시빌에게 돌아가 자신의 발언을 철회하고는 다시 그녀를 사랑할 수 있도록 노력해야겠다고 생각했다. 그것은 이제 그의 의무였다. 분명 지금 그녀는 자신보다 더 괴로워하리라는 생각이 들었다. 아아, 가엾은 여인이여! 그렇다. 그때 자신은 너무나 이기적이고, 또한 잔인했다. 그러니 이제 그녀 본연의 매력이 되살아나도록 해야만 한다. 이윽고 그들은 다시 행복한 삶을 보내고, 그의 인생 또한 다시 고귀하게 빛날 수 있을 것이다.

도리언은 그런 생각에 몸을 떨다가 자리에서 일어나 초상화를 힐끗 바라보고는 병풍으로 초상화를 가려 버렸다.

"아, 정말 소름 끼쳐."

그는 이런 말을 중얼거리며 잔디밭으로 나가 깊게 숨을 들이마셨다. 시원하기 그지없는 아침의 공기 덕분에 그의 우울함도 어느 정도 가시는 것만 같았다. 이제 그는 시빌만을 떠올렸다. 그의 사랑은 다시 희미하게 되돌아오기 시작했다. 도리언은 몇 번씩이나 그녀의 이름을 외쳤다. 그러자 아침 이슬을 머금은 정원에 있던 새들도 마치 그녀의 이야기를 들려주듯 아름답게 지저귀었다.

8

도리언은 정오가 한참 지난 뒤에야 겨우 잠에서 깼다. 하인은 그가 자고 있는 동안 몇 번이나 그가 깼는지를 확인하기 위해 방 안에 들어오며, 어쩐 일로 그가 이토록 늦잠을 자는지를 의아하게 여겼다. 마침내 방에서 종이 울렸고, 빅터는 곧바로 찻잔과 여러 통의 편지를 오래된 쟁반에 받쳐 들고는 조심스레 침실로 들어왔다. 그러고는 높은 세 개의 창문에 드리운 푸른색 안감의 오렌지색 커튼을 열어젖혔다. 빅터는 미소를 지으며 말했다.

"오늘은 정말 푹 주무셨군요."

"빅터, 지금 몇 시나 됐나?" 도리언은 잠이 덜 깬 듯한 목소리로 그에게 물었다.

"오후 1시 15분입니다."

깜짝 놀란 도리언은 자리에서 일어나 차를 마시며 빅터가 건네준 편지를 보았다. 하나는 오늘 아침에 인편으로 전달된 헨리 경의 편지였다. 그는 잠시 머뭇거리다가 그 편지를 한편으로 밀어내 버렸다. 다른 편지들은 그저 기운 없이 읽었다. 그 편지들은 으레 받는 것처럼 엽서나 식사 초대장, 혹은 미술품 초대전의 안내장이나 자선 프로그램 안내 등의 내용이었다. 시기가 되면 매일 아침 상류층 젊은이들에게 줄기차게 발송되는 그런 편지들이었다. 루이 15세풍의 양각 무늬가 새겨진 은제 화장 도구에 대한 고액의 청구서도 있었다. 그는 우리가 사치품으로 불리는 것이 실은 생활필수품으로 여겨지는 시대에 살고 있다는 것을 전혀 이해하지 못하는 고지식한 후견인들에게 이 청구서를 드릴 용기가 아직 나지 않았다. 또한 너무나 공손한 말투로 합리적인 이자율에 얼마든지 대출해 줄 수 있다는 대부업자들의 편지도 있었다.

약 10분 후 침대에서 일어난 그는 비단으로 수놓아진 아름다운 캐시미어 가운을 걸치고, 마노석이 깔린 욕실로 향했다. 오랫동안 자고 난 후의 샤워는 그의 기분을 너무나 상쾌하게 만들어 주었다. 자신이 어떤 괴이한 비극에 빠져 있다는 느낌이 어렴풋이 몇 번 들기는 했지만, 마치 꿈처럼 아직 그에게는 현실로 여겨지지는 않았다.

그는 옷을 갖추어 입고는 서재로 향해 작은 원탁 앞에 앉았다. 그 위에는 자신을 위해 차려진 프랑스식 아침 식사가 놓여 있었다. 모든 것은 더없이 아름다워 보였다. 온화한 공기에 다채로운 향기가 깃들어 있었다. 벌 한 마리가 그의 앞에 있는 청룡 모양의 꽃병 주위를 윙윙 날아다니며 노란 장미의 냄새를 맡는 듯했다. 도리언 또한 너무나 만족감을 느졌다. 하지만 이내 그의 시선은 초상화 앞에 드리운 장막으로 향했다. 순간 그는 너무 놀라 몸이 얼어붙은 듯했다. 빅터는 테이블에 오믈렛을 내려놓으며 그에게 물었다.

"주인님, 추우신지요. 창문을 닫아 드릴까요?"

"아니네." 그는 고개를 가로저으며 낮은 목소리로 말했다.

아아, 그것은 정녕 모두 사실이란 말인가? 초상화는 정말로 얼굴이 변한 것인가? 혹시 망상은 아니었을까? 하지만 물감으로 그려진 캔버스가 변할 리는 없을 텐데! 초상화가 변한다는 것은 사실 너무나 터무니없는 일이었다. 그렇다면 언젠가 바질에게 말해 줄 우발적으로 일어난 사건 정도의 이야기가 될 테고, 바질 또한 그저 웃어넘기고 말 것이었다.

하지만 그 기억은 얼마나 생생했던가! 동이 터 오를 무렵, 또한 환한 새벽에 그는 분명 초상화에서 일그러진 입술이 만드는 잔인한 표정을 보았다. 이제 그는 하인이 방을 나가 버리면 어떡하나 겁까지 들기 시작했다. 그가 혼자 남게 된다면, 다시 초상화를 살펴볼 것은 너무나 분명했다. 지금은 그저 자신의 생각일 뿐인 그것이 명명백백해질 수 있다는 두려움이 들었다. 빅터가 그에게 커피와 담배를 주기 위해 밖으로 나가려 하자, 도리언은 그에게 잠깐만 방에 있어 달라고 너무나 간절히 말하고 싶었다. 이윽고 하인이 방을 나가고 문을 닫은 순간, 도리언은 바로 빅터의 이름을 부르고는 잠시 한숨을 쉰 후 말했다.

"빅터, 혹여나 어떤 사람이 찾아오더라도 내가 집에 없다고 알려 주겠나."

"알겠습니다." 하인은 인사하고는 방에서 나갔다.

자리에서 일어난 도리언은 담배에 불을 붙이고는 병풍의 맞은편에 놓인 의자에 앉았다. 의자에는 호화로운 방석이 깔려 있었다. 또한 병풍은 금박을 덧입힌 스페인산 가죽에 루이 14세풍의 화려한 무늬가 찍힌 것이었다. 그는 오래된 병풍을 바라보다가 혹시 이 병풍이 전에도 어떤 사람의 비밀을 감춰 준 것은 아닐까 생각해 보기도 했다.

병풍을 치워야 할까, 아니면 그냥 내버려 둬야 할까? 초상화의 진실을 마주한다고 해서 달라지는 것이 있겠는가? 만약 변한 것이 사실이라면 너무나 소름이 돋을 것이고, 사실이 아니라면 더 이상 신경을 쓸 필요가 없게 되는 것뿐이리라. 하지만 놀라운 우연, 어쩌면 어떤 운명 때문에 누군가 이 초상화의 변화를 알게 된다면? 아니, 당장 바질이 찾아와서 초상화를 구경하자고 한다면? 바질은 충분히 그럴 사람이다. 결국 당장 확인해 보아야 하는 것이다. 이렇게 몇 날 며칠을 걱정만 하며 보내느니 차라리 직접 확인한 뒤 뒷일을 생각해 보는 게 나을 것이다.

마침내 그는 의자에서 일어나 양쪽 문을 모두 잠갔다. 적어도 자신의 추한 모습을 마주할 때는 다른 사람이 있으면 안 될 듯했다. 그는 마침내 장막을 걷어 내고 초상화의 모습을 바라보았다. 사실이었다. 그가 걱정했던 대로 초상화는 분명히 변해 있었다.

이후 도리언이 종종 기억했던 것처럼—지금은 너무나 덤덤하게 그 사실을 떠올리지만—처음에 그는 어떤 과학적인 의문을 품고 초상화를 바라보았다. 분명 과학적으로 그런 변화는 있을 수 없는 일이었다. 하지만 이 일은 일어났다. 캔버스에 칠해진 물감의 화학 원자와 자신의 영혼 사이에 기묘한 친밀함이라도 있는 것일까? 그 원자들은 자신이 생각했던 바를 실제로 일어나게 하는 힘을 갖고 있는 것일까? 영혼의 소망을 어떻게 원자들이 해낼 수 있는 것인가? 혹은 자신의 추측보다 더 무시무시한 다른 이유가 있는 것은 아닐까? 그는 이제 몸이 움츠러들고 소름마저 돋았다. 그는 다시 의자에 누워 몸서리를 칠 듯한 공포 속에서 자신의 초상화를 바라보았다.

하지만 도리언은 이 그림의 변화가 자신에게 도움이 되는 요소도 있다고 여겼다. 바로 이를 통해 자신이 시빌에게 얼마나 잔인한 짓을 저질렀는지 깨달은 것이다. 아직 자신의 과오에 대해 사과할 시기는 늦지 않았다. 분명 상황을 바꿀 여지는 남아 있었다. 잠시 이기적이며 비현실적이었던 애정은 숭고한 영향을 받아 고귀한 열정으로 바뀔 것이다. 누군가에게는 신성한 무엇이, 어떤 이에게는 양심이, 또 우리에게는 신에 대한 두려움이 그렇듯 이제 도리언에게 이 초상화는 평생토록 그를 이끌어 줄 안내자가 될 수 있을 것이다. 양심의 가책을 누그러뜨리는 데는 아편이 제격이고, 도덕관념을 잃게 하는 데는 마약이 제격이다. 이제 자신의 타락한 죄악을 보여 주는 데는 이 초상화가 제격인 것이다. 도리언이 자신의 영혼에 끼친 파멸의 흔적은 이제 이 초상화에 영원히 남게 될 것이다.

시계의 3시 종이 울리고, 4시 종이 울리고, 또다시 30분이 지났음을 알리는 종이 울렸지만 그동안 도리언 그레이는 꼼짝도 하지 않았다. 그는 마치 인생의 얽히고설킨 주홍색 실타래를 한 무늬로 풀어내기 위해 낑낑 애를 쓰는 듯했다. 도리언은 지금, 자신이 떠돌고 있는 이토록 살벌한 미로를 어떻게 빠져나가야 할지를 골몰하고 있었다. 하지만 어떻게 해야 할지 생각조차 못 하고 있었다. 이윽고 그는 테이블로 향했다. 그러고는 자신이 열렬히 사랑했던 여인에게 온 마음을 다해 편지를 쓰기 시작했다. 자신의 잘못을 용서하기를 바라고, 자신의 부족함을 자책하는 편지였다. 편지는 슬픔과 고통으로 주체할 수 없는 마음을 담아 한 장 한 장 채워졌다. 인간은 자책할 때 나름의 쾌락을 느낀다. 우리가 스스로를 책망할 때, 자신 외에 다른 이는 자신을 비난할 권한이 없다고 여긴다. 어쩌면 우리의 죄를 사해 주는 것은 사제가 아니라 고백인지도 몰랐다. 도리언은 그런 마음으로 편지를 매듭지으니, 비로소 용서를 받은 것만 같은 기분이 들었다.

그때 노크 소리가 나더니 헨리 경의 목소리가 들려왔다.

"이봐, 자네를 꼭 봐야겠네. 당장 문을 열어. 대체 문을 잠그고 뭘 하고 있는 겐가!"

하지만 도리언은 아무 대답도 하지 않은 채 가만히 있었다. 그러자 노크 소리는 점점 커졌다. 그러다가 그는 어쩌면 헨리 경에게 자신이 살아갈 새로운 인생에 대해 말해 주는 것이 낫겠다는 생각이 들었다. 그 과정에서 필요하다면 논쟁도 하고, 의절해야 되는 상황이 오면 기꺼이 이에 따르겠다고 생각했다. 그는 자리에서 일어나 급히 초상화를 가리고는 문을 열어 주었다.

"도리언, 자네 일을 방해해서 미안하네. 하지만 이제는 그 일에 대해 더 이상 생각하지 않으면 좋겠어."

"시빌 베인을 말씀하시는 건가요?"

"그래." 헨리 경은 이렇게 대답하고는 의자에 앉아 자신이 끼고 있던 노란 장갑을 벗겼다.

"물론 자네 잘못은 아니겠지만, 너무나 끔찍한 일이 일어났지. 혹시 연극이 끝나고 무대 뒤로 가서 그녀를 마주했나?"

"그랬지요."

"그랬을 줄은 알았네. 그래서 그녀와 한바탕 싸운 건가?"

"아아, 해리. 제가 정말 모질었어요. 하지만 이제는 괜찮아요. 지나간 일에 대해 후회할 필요는 없겠지요. 오히려 저는 그 일 때문에 저 자신을 더 잘 알 수 있게 되었어요."

"오, 도리언. 자네가 그렇게 상황을 받아들이다니 정말 기뻐. 나는 혹시 자네가 회한의 늪에 빠져 그토록 아름다운 머리를 쥐어뜯고 있는 것은 아닐까 얼마나 걱정했는지 몰라."

도리언은 그 말에 미소를 짓고는 고개를 가로저으며 말했다.

"이제는 다 정리했습니다. 또한 지금 저는 더없이 행복해요. 덕분에 제 양심이 어떤 모습을 보이는지 알게 되었으니까요. 물론 당신이 전에 알려 주었던 그런 양심은 아니에요. 양심은 우리 안에 있는 가장 신성한 존재지요. 해리, 이제 저를 비웃지 말아 주세요. 적어도 제 앞에서는 그렇게 해 주세요!

저는 이제 선량한 삶을 살고 싶어요. 제 영혼이 다시 끔찍해지는 건 이제 견딜 수 없어요."

"도리언, 그동안 윤리에 대해 아주 매력적인 통찰을 이끌어 냈군. 축하하네! 그런데 그 일을 어떻게 시작하려고 그러나?"

"우선 시빌 베인과 혼약을 맺을 겁니다."

"혼약이라고? 시빌과?" 헨리 경은 그 말에 너무나 놀라 당황하며 그를 바라보았다.

"아, 하지만……."

"그래요. 당신이 무슨 말을 할지는 잘 알아요. 당신은 분명 결혼에 대해 또 끔찍한 말들을 늘어놓겠지요. 하지만 이제 제게 그런 말들은 하지 말아 주세요. 저는 이제 당신이 으레 하는 그런 이야기는 더 이상 듣고 싶지 않아요. 이틀 전, 저는 시빌에게 청혼했고 이제 그 약속을 지켜야겠지요. 우리는 아름다운 부부가 될 거예요."

"부부가 되다니! 도리언…… 혹시 내 편지를 아직 읽지 않은 건가? 내가 인편으로 편지를 보냈었는데……."

"아, 알고 있습니다. 하지만 아직 읽지는 않았어요. 혹여나 또 그런 얘기가 있을 것만 같아서요. 당신은 언제나 특유의 경구를 섞어 가며, 결국 한 사람의 인생을 힘들게 만들잖아요."

"그렇다면 정말 아무것도 모르는 건가?"

"어떤 걸요?"

헨리 경은 어지러이 방 안을 배회하다가 도리언 곁에 다가가 그의 손을 꼭 잡고는 말했다.

"도리언, 너무 놀라지 말고 듣게. 내가 보낸 편지는 시빌 베인이 사망했다는 걸 알리는 내용이었네."

"사망했다니! 시빌이 죽었다니! 말도 안 돼요! 어떻게 그런 거짓말을 할 수 있나요?"

도리언은 외마디 비명을 지르고는 헨리 경의 손을 뿌리치며 자리에서 벌떡 일어났다. 하지만 헨리 경은 더없이 진지한 목소리로 말했다.

"사실이네. 조간신문에 보도되었지. 그래서 내가 이곳에 올 때까지 어느 누구도 만나지 말라는 내용을 편지에 적어 놓았었네. 분명 이 사건에 대한 조사가 이루어질 텐데, 자네가 연루하는 일은 막아야 될 테니 말일세. 파리에서 그런 일이 일어났다면 자네는 삼시간에 유명 인사가 되었겠지만, 이곳 사람들은 선입견이 오래가는 사람들이라 한번 이름이 잘못 알려지면 꽤 곤욕을 치를 걸세. 그런 일은 나이가 좀 든 다음에 즐겨도 좋겠지. 관객들이 자네의 이름을 알지는 못하겠지? 그렇다면 분명 잘된 일이네. 혹시 자네가 그녀의 방으로 들어가는 걸 본 사람이 있을까? 그게 제일 중요할 텐데 말이야."

도리언은 두려움과 공포에 빠져서 쉽사리 말을 잇지 못했다. 그러다가 겨우 억누른 목소리로 천천히 말했다.

"해리, 조금 전에 사건을 조사해야 한다고 하셨지요? 그게 대체 어떤 과정인 건가요? 아아, 정말 견디지 못할 것만 같아요. 얼른 말씀해 주세요!"

"나는 이 일이 사고는 아니라고 여기네. 물론 대중은 그렇게 받아들이겠지만 말이지. 밤 12시 30분 정도에 그녀가 자신의 어머니와 극장으로 나가다가 잠시 무언가를 극장에 놓고 왔다고 말했다더군. 그래서 사람들은 그녀를 기다렸는데, 시간이 한참 지나도 나오지 않자 사람들이 극장에 올라가 봤더니 그녀가 분장실 바닥에 그대로 쓰러져 죽어 있었다고 했어. 아마 실수로 무언가를 삼킨 모양이었네. 그것은 극장에서 사용하는 위험한 것이라고 하던데, 무엇인지는 잘 모르겠지만 그 안에는 청산가리나 백연(白鉛)이 들었던 듯했네. 내 생각에는 청산가리일 것 같군. 어쨌든 그녀는 그 자리에서 즉사해 버린 것은 아닐까."

"아아, 해리! 어떻게 그런 끔찍한 일이!" 도리언은 절규에 몸부림쳤다.

"맞아. 엄청난 비극이 일어나고 말았지. 하지만 이 일에 자네가 연루되어서는 안 되네. 〈스탠더드〉지에서 보니 그 아가씨는 열일곱 살이더군. 나는 그것보다 더 어리게 봤는데 말이야. 너무나 어린아이라서 연기도 잘 모르는 것 같았지. 어쨌든 도리언, 이제 그 일에 대해서는 더 이상 신경 쓰지 말고 나와 저녁도 먹고 오페라도 구경하는 게 어떤가. 오늘 밤에는 무려 아델리나 파티(19세기 후반 최고의 소프라노로 평가받는 성악가)가 출연한다더군. 그러니 아마 수많은 사람으로 북적이겠지. 하지만 내 누이가 칸막이로 달려 있는 특등석을 예매해 두었으니 그쪽으로 오게나. 그 주위에는 멋진 여인들 또한 많을 걸세."

하지만 도리언은 멍한 상태로 혼잣말하듯 중얼거리며 말했다.

"제가 시빌 베인을 죽였어요. 제가 칼로 그녀의 가녀린 목을 벤 것이나 다름없네요. 하지만 여전히 창밖에 있는 장미는 아름답고, 정원에 있는 새들도 즐거운 듯 지저귀는군요. 그러다가 오늘 밤이 되면 저는 당신과 저녁을 먹고 오페라도 관람하고는 어느 술집에서 술잔을 기울이고 있을 테지요.

아, 인생이란 게 이처럼 극적인 것인가요? 해리, 아마 제가 이 모든 일을 책으로 접했다면 눈물을 펑펑 흘렸겠지요. 하지만 정작 제게 이런 일이 일어나니 너무 당황스러워 눈물조차 나오지 않습니다. 이것 보이시나요? 제가 난생처음으로 쓴 사랑의 편지입니다. 이 열렬한 마음이 담긴 편지가 죽은 여인에게 갈 운명이었다니! 정말 기가 막히네요. 우리가 죽은 사람이라 칭하는 그 영혼들도 우리의 말을 듣고 느낄 수 있을까요? 아아, 시빌! 그녀가 제 말을 듣고 우리를 알아볼 수 있을까요?

해리, 제가 한때 그녀를 얼마나 열렬히 사모했는지 아시지요. 하지만 이제는 너무나 옛날 일처럼 느껴질 뿐이에요. 그녀는 제 모든 것이었습니다. 하지만 그토록 끔찍했던 어젯밤 지금도 정말 이 일이 어제 일어난 것인지 실감할 수조차 없는 그날 밤 시빌의 연기는 너무나 형편없었고, 제 가슴은 정말 무너져 내리는 듯했어요. 그녀는 자신의 연기가 그토록 엉망이었던 이유를 제게 말해 주었습니다. 너무나 애처로운 모습이었지만, 저는 그저 그녀가 천박하다고 느껴질 뿐이었어요. 하지만 그 이후, 저를 정말 너무나 끔찍하게 한 일이 일어났지요. 무슨 일인지 말씀드릴 수는 없지만, 너무나 참혹한 일이었어요. 그런데 갑자기 그녀가 황망하게 떠나 버리다니! 아아, 해리! 이제 저는 어떻게 해야 할까요? 당신은 제가 지금 너무나 심각한 위험에 처해 있다는 걸 알지 못할 거예요. 당신은 이제 그 무엇도 나를 바로잡아 주지 못한다는 것 또한 모르겠지요. 그녀만이 유일하게 저를 바로잡아 주었을 텐데! 아아, 그녀는 자살할 권리도 없어요. 자살은 너무나 이기적인 짓이었어요!"

그러자 헨리 경은 담배 한 개비와 금으로 칠해진 성냥갑을 꺼내며 말했다.

"도리언, 여인이 한 남자를 변화시킬 수 있는 유일한 방법을 아나? 그건 바로 남자를 완전히 따분한 인간으로 변화시켜, 인생의 모든 흥미를 잃어버리게 만드는 것이지. 자네가 그 여인과 결혼했다면 자네의 삶은 엉망진창이 되고 말았을 걸세. 물론 얼마 정도야 자네는 그녀를 다정하게 대하려 노력하겠지. 누구를 다정하게 대한다는 건 곧 그 사람에게 별 관심이 없다는 뜻이기도 하니까. 하지만 언젠가 결국 그녀가 자신한테 관심이 없다는 사실을 안다면, 여인은 분명 변하게 될 거야. 아마 우악스러울 정도로 촌스러워지거나, 다른 남자가 사 주었을 게 분명한 멋진 보닛을 쓰고 다니겠지. 그렇다면 사교계에서 어떤 대접을 받을지는…… 굳이 얘기하지 않아도 알겠지. 물론 나는 그런 것을 용납할 수 없겠지만 말이야. 어쨌든 분명한 사실은, 그렇게 된다면 그동안 쌓았던 모든 것이 물거품이 되고 만다는 거야."

도리언은 섬뜩할 만큼 창백해진 얼굴로 방 안을 이리저리 배회하며 또다시 중얼거렸다.

"그랬을 수도 있겠지요. 하지만 그렇게 하는 것이 제 의무라고 생각했어요. 이 비극 때문에 제가 마땅히 해야 할 일을 하지 않는 것 또한 제 잘못이라 여겼으니까요. 언젠가 당신이 그런 말을 했었지요. 훌륭한 결심에는 치명적인 약점이 하나 있는데, 그것은 그 결심이 너무 늦게 이루어진다는 말. 지금 저의 경우가 딱 그 모습이네요."

"도리언, 자고로 '훌륭한 결심'이라는 건 과학적 법칙에 반항하려는 무익한 시도일 뿐이네. 그런 결심은 순전히 허영심에서 나오는 것이지. 그 결심의 성과 또한 전혀 없고 말이야. 하지만 종종 우리는 그런 결심에 우리의 온갖 감정을 이입하곤 하지. 더구나 약자들은 그런 감정에 더 매혹되는 법이기도 하고. 훌륭한 결심에 대해서는 이 말밖에 못 하겠네. 마치 자기 계좌가 없는 은행에서 발행하는 수표랄까."

도리언은 서서히 그에게 다가와 옆자리에 앉은 후 큰 소리로 말했다.

"해리, 그런데 왜 이 끔찍한 일에 대해 제가 그토록 슬픈 생각이 들지 않는 걸까요? 저는 제가 이렇게 무정한 인간인지 몰랐어요."

"도리언, 자신을 그렇게 칭하기 전에 자네가 지난 2주 동안 했던 일을 떠올려 보면 좋겠네." 헨리 경은 온화하면서도 침울한 미소를 보이며 답했다. 도리언은 얼굴을 찡그렸다.

"해리, 그런 식으로 말하지 말아요. 하지만 저를 무정하게 생각하지 않으신다는 점은 마음에 드는군요. 저는 그런 사람이 아니에요. 저 또한 제가 그런 사람이 아니라는 걸 잘 알아요. 하지만 이제 저는 이 일이 제게 큰 영향을 주지 않을 거라는 점을 인정하지 않을 수 없겠어요. 당연히 엄청난 영향을 받아야 했을 텐데 말이에요. 그저 훌륭한 연극의 아름다운 결말로밖에 느껴지지 않아요. 이 연극은 그리스의 비극이 가지고 있는 소름 돋는 아름다움을 모두 가지고 있지요. 그 비극에서 저는 중요한 역할을 맡았지만, 절대 상처를 입지 않았어요."

헨리 경은 도리언이 무의식중에 가지고 있던 자기중심적 사고를 마주하며 묘한 쾌감을 느꼈다.

"음, 꽤 흥미로운 문제네. 정말 흥미로워. 그 문제는 이렇게 해석할 수 있네. 종종 인생의 비극은 거친 폭력, 완전한 비논리, 터무니없을 정도의 결여된 의미 같은 너무나 비예술적인 방식으로 일어나네. 비극은 저속함이 악영향을 주는 것과 마찬가지로 우리에게 악영향을 주는 셈이지. 그런 일은 우리에게 너무나 폭력적으로 다가오기 때문에 자연스레 반발하게 되겠지.

하지만 때때로 우리에게는 아름다운 예술적 요소를 지닌 비극이 다가오기도 한다네. 그 요소가 현실로 다가올 때, 우리는 너무나 큰 영향을 받게 되지. 그때가 되면 우리는 어느 순간 우리가 그 일의 배우가 아닌 관객이라는 생각을 하게 되네. 아니면 둘 다 될 수도 있고 말이네. 다시 말해 우리가 스스로를 바라보게 되는 놀라운 광경을 접하게 되는 것이지.

이번 일도 마찬가지네. 실제로 벌어진 일은? 자네를 사모하던 한 사람이 스스로 목숨을 끊은 것뿐이지. 아, 내게도 그런 일이 일어났다면 좋았을 텐데! 그렇다면 아마 나도 여생을 사랑에 푹 빠져 지냈겠지. 나를 숭배하던 몇 안 되는 여인들은 내가 관심을 끊은 그녀가 끊어 버리든 그 이후에는 보란듯이 잘 살아가더라고. 하지만 어쩌다가 그들을 만난다면, 여인들은 그저 예전 일을 떠올리는 데 모든 신경을 쏟았지. 여인들의 무서운 기억력은 얼마나 소름 돋는지! 그럼에도 지적인 측면에서는 조금의 발전도 없으니, 원. 인생의 특색을 기억하되 너무나 세세한 부분은 잊어버렸으면 하는데 말이야. 세세한 것은 너무나 저속한 것에 불과하니까."

도리언은 한숨을 내쉬며 말했다.

"정원에 망각의 꽃이라 불리는, 양귀비 씨라도 뿌려야겠네요."

"굳이 그럴 필요 있겠나. 인간은 언제나 양손에 양귀비를 쥐고 있는 법이지. 하지만 가끔은 오래도록 지울 수 없는 기억도 있는 법이네. 나도 한때 그런 적이 있었지. 나는 한 계절 내내 제비꽃을 달고 다닌 적이 있었네. 절대 내 사랑을 잊지 않겠다는 예술적인 표현이었지. 하지만 그것도 결국 시간이 지나면서 점차 잊히더군. 무엇이 내 연정을 사라지게 했는지는 잘 모르겠네. 하지만 아마 그녀가 나를 위해 모든 것을 바치겠다고 말했던 그것 때문이 아니었을까? 그런 말은 너무나 끔찍해. 마치 영원한 공포에 사로잡히게 되니까 말이네.

음, 자네는 믿을 수 있겠나? 나는 일주일 전, 햄프셔 부인의 저택에서 만찬을 즐기다가 바로 그 여인을 내 옆자리에서 만나게 되었네. 나를 보자마자 그녀는 과거의 일을 끄집어내더니, 종종 우리의 미래를 들먹이며 우리의 모든 이야기를 떠들더군. 난 이미 나의 연정을 아스포델(죽음 등을 상징하는 백합과의 꽃)과 함께 묻어 버렸는데 말이네. 하지만 그녀는 자꾸 과거를 끄집어내더니 이내 내가 자신의 인생을 망쳐 버렸다고 얘기했지. 아, 그녀가 그날 엄청 게걸스럽게 먹었다는 얘기도 해 줘야겠군. 그런 형편없는 모습을 보니 안심이 되더군. 자고로 과거의 매력은 결국 지나간 일이 되기 마련이지.

하지만 여인들은 언제 연극이 끝났는지를 잘 모르는 듯해. 언제나 끝없이 막이 상연되기를 바라지. 연극의 감흥이 모두 사라졌는데도 말이네. 만일 그 청을 다 들어준다면, 희극은 비극으로 끝날 것이고 비극은 그저 변변찮은 코미디로 끝나고 말겠지. 여인들은 모든 것을 너무나 아름답게 꾸미긴 하지만, 정작 예술에 대한 감각은 없달까.

그래도 자네는 나보다 운이 좋은 편이네. 내가 만났던 여자 중에 시빌처럼 자신을 희생한 사람은 없었으니 말이지. 보통 여인들은 스스로를 위로하는 데 신경을 쓰는 편이지. 몇몇 여인은 감상적인 색에 자신의 감정을 이입하곤 하지. 혹시 연한 자주색 옷을 입고 다니는 여자를 본다면, 나이가 어떻게 되든 쉽게 마음을 주지 말게. 나이가 서른다섯 이상인데 분홍색 리본을 꽂는 여인들도 마찬가지네. 그런 여인들은 과거가 있는 법이니까 말이지.

또 어떤 여인들은 자신의 남편에게서 좋은 점을 발견하는 것으로 스스로를 위로하려 한다네. 그게 마치 죄라도 되는 것처럼 의식적으로 다른 사람들 앞에서 부부애를 과시하곤 하지. 반면 종교에서 위안을 찾는 여인들도 있지. 내가 예전에 알던 한 여인은 종교의 신비로움 속에 사랑의 모든 매력이 깃들어 있다고 말한 적도 있었네. 나는 그 말뜻을 오롯이 이해할 수 있었지. '나는 죄인이다.'라는 말을 듣는 것처럼 인간의 허영심을 자극하는 말은 없지. 양심은 우리 모두를 이기주의자로 만들고 마는 것이네. 어쨌든 현대의 여인들이 위로로 삼으려는 요소는 사실상 무한하지. 아, 그러고 보니 정작 가장 중요한 위로에 대해서는 얘기하지 않았군."

"뭔데 그런가요?" 도리언은 무신경한 태도로 물었다.

"가장 확실한 방법은 바로, 자신의 애인을 빼앗겼을 때 다른 사람의 애인을 빼앗는 것이네. 상류층 사회에서 여인들은 종종 그런 방법을 쓰곤 하지. 하지만 도리언, 분명 시빌 베인은 우리가 흔히 만나던 여인들과는 다른 구석이 있었네! 그러니 그녀의 죽음에는 뭔가 성스러운 것이 깃들었다는 생각마저 들어. 나는 이처럼 놀라운 일이 벌어지는 시대에 산다는 것만으로도 흡족함을 느끼네. 그런 일들은 로맨스, 열정 혹은 사랑처럼 우리가 막연하다고 생각하는 것이 실제로 존재한다는 걸 믿게 해 주니 말이네."

"제가 그녀를 잔인하게 대했다는 걸 잊으신 모양이네요."

"내가 볼 때 여인들은 어쩌면 노골적인 잔인함을 다른 어떤 것보다 더 좋아하는 듯하네. 어떻게 보면 여인들은 놀라울 정도로 원시적인 본능을 지니고 있지. 우리는 여성을 해방시켰지만, 그들은 여전히 주인을 찾는 사람들 같아. 때로는 지배당하는 걸 좋아하는 것 같기도 해. 자네의 잔인한 행동은 분명 멋지게 여겨졌을 것이네. 난 자네가 화를 내는 모습을 본 적은 없지만, 자네의 그런 모습이 얼마나 매력적이었을지는 쉽게 예상할 수 있지.

어쨌든 자네가 그저께 내게 했던 말이 그때는 그저 막연하게 들렸는데, 이제 보니 너무나 확실한 진실이었군. 바로 그 말에 모든 열쇠가 들어 있었네."

"무슨 말이었지요?"

"자네가 언젠가 말했지. 시빌 베인은 자네에게 모든 낭만적 사랑의 주인공 같다고 말이야. 그래서 어느 날에는 데스데모나(셰익스피어의 「오셀로」에 나오는 순결한 여인)가 되고, 또 어느 날에는 오필리어(셰익스피어의 「햄릿」에 나오는 비련의 여인)가 되는 모양이지. 설령 그가 줄리엣으로 명을 다하더라도 그녀는 분명 이모진으로 살아날 걸세."

"하지만 이제 그녀는 다시 살아날 수 없잖아요." 도리언은 그렇게 말하고는 얼굴을 두 손에 파묻었다.

"맞아. 다시는 살아날 수 없겠지. 하지만 그녀는 마지막 배역을 끝낸 것뿐이네. 자네는 그녀가 초라한 분장실에서 외로이 생을 마감한 것을 그저 비극의 기이한 결말 정도로만 생각해야겠지. 마치 웹스터, 포드, 혹은 시릴 터너의 비극에 나오는 형이상학적 장면처럼 말이네. 그 여인은 실제로 살아 있던 존재가 아니었던 것이지. 그러니 실제로 죽은 것도 아니고 말이네. 적어도 자네에게 그녀는 그런 꿈같은 존재였네. 마치 셰익스피어의 여러 희곡에서 풍부한 음악으로 희곡을 더 아름답게 만들어 준 갈대 피리처럼 말이지.

그랬던 여인이 실제 삶을 만나자, 결국 삶이 망가져 버리고 삶 또한 그녀를 망가뜨리고 말았지. 그래서 결국 세상을 떠날 수밖에 없었던 것이네. 정 애도해야겠다면 비련의 오필리어에게 해 주게. 목이 졸려 숨진 코딜리어에게 애도의 재를 뿌려 주게. 데스데모나가 죽었으니 하늘을 향해 울부짖어 주게. 하지만 시빌 베인한테만큼은 슬퍼하지 마. 그녀는 어떤 여인들보다도 현실적이지 않은 여인이었으니 말이네."

잠시 침묵이 흘렀다. 저녁이 되자 방 안에 어둠이 드리워졌다. 은색의 두 발을 지닌 그림자들이 정원에서 방 안쪽으로 소리 없이 기어 들어왔다. 사물들은 본래의 색깔을 하나씩 잃어 갔다.

얼마 후 고개를 든 도리언은 안도의 한숨을 쉬며 낮은 목소리로 말했다.

"해리, 당신께서 제 모습을 자세히 설명해 주셨네요. 저 또한 당신이 말한 것처럼 느끼기는 했지만, 두려움이 컸어요. 제 감정을 어떻게 표현해야 할지 잘 몰랐지요. 그런데 당신은 이토록 저를 잘 꿰뚫어 보고 계시군요! 이제 과거의 일은 더 이상 이야기하지 않을게요. 정말 믿을 수 없는 경이로운 경험으로만 기억할게요. 아, 인생은 저에게 이처럼 또 다른 놀라운 경험을 준비해 두었을까요."

"도리언, 인생은 자네를 위해 미래의 모든 일을 준비하고 있겠지. 하지만 빼어난 외모를 지닌 자네가 해내지 못할 일은 하나도 없을 걸세."

"하지만 제가 나이가 들고 주름이 자글자글해질 때가 오면…… 그때는 어떻게 해야 할까요?"

그 말에 헨리 경이 자리에서 일어나며 말했다.

"아, 그때가 오면……. 도리언, 자네는 오로지 승리를 위해 싸워야겠지. 사실 그저 가만히 있어도 승리가 알아서 자네를 위해 찾아오겠지만……. 아, 아니네. 자네는 그 빼어난 모습을 영원히 유지해야 할 거야. 우리는 책을 너무 많이 읽는 바람에 멍청해지고, 너무 많이 생각하는 바람에 본래의 아름다움을 잃고 마는 그런 시대에 살고 있지. 결국 우리가 자네를 구할 방법은 없으니, 자네가 스스로 일을 해내야 하겠지. 자, 이제 어서 옷을 갈아입고 클럽에 가는 게 어떨까? 사실 지금도 시간이 꽤 늦었는데 말이야."

"해리, 우리 오페라 극장에서 만나기로 해요. 제가 지금은 너무 지쳐서 아무것도 먹지 못하겠어요. 아, 동생분의 좌석 번호는 어떻게 되요?"

"음, 아마 27번 정도 될 것 같네. 그랜드 티어(오페라 극장의 좌석 명칭 중 하나)인데, 아마 들어가는 문 앞에서 그녀의 이름을 보고 찾아올 수 있을 걸세. 그나저나 함께 저녁 만찬을 나누지 못하다니 유감이군."

"식사하고 싶은 생각이 없어서 그래요. 하지만 당신이 건네준 말은 정말 고마워요. 분명 당신은 저에게 가장 좋은 친구예요. 그동안 저를 이렇게나 이해해 주었던 사람은 한 명도 없었어요."

헨리 경은 도리언과 악수를 나누며 말했다.

"우리의 우정은 이제 시작 단계에 불과할 뿐이지. 자, 그럼 가 보겠네. 9시 30분 전에는 꼭 오게. 그때쯤이면 아델리나 파티가 노래를 부를 테니 말이지. 잊지 말게!"

도리언은 방을 나가는 그를 배웅하고 종을 울렸다. 이내 빅터가 램프를 든 채 나타나 천천히 가리개를 내리기 시작했다. 도리언은 그가 얼른 나갔으면 좋겠다는 생각이 들었다. 왠지 그가 시간을 끌며 천천히 일하는 것만 같았다.

빅터가 방문을 닫고 나가자, 도리언은 병풍을 치우고 다시 초상화를 바라보았다. 초상화는 전혀 변한 것이 없었다. 그가 시빌 베인의 소식을 듣기 전에, 초상화는 분명 이 일을 알고 있는 것만 같았다. 사건이 일어나자마자 초상화는 이를 감지하고 변하는 듯했다. 초상화의 매끄러운 입술 윤곽이 일그러진 것은 그녀가 독약을 마셨던 그 순간에 바뀐 것이 분명했다. 아니, 어쩌면 결과와 상관없이 단지 영혼 안에서 스쳐가는 무언가를 인지하고 있는 것은 아닐까? 그는 의아한 마음에 이제 초상화가 변화하는 그 순간을 직접 두 눈으로 목도하고 싶다고 여기기도 했다. 이내 도리언은 자신이 그런 생각을 했다는 것에 몸서리를 치기도 했다.

아, 가엾은 시빌! 얼마나 낭만적인 사랑이었나! 그녀는 이따금 무대에서 죽음을 연기하고는 했다. 그래서 보다 못한 사신이 결국 그녀를 데리고 간 것이었다. 하지만 그녀는 이토록 무시무시한 마지막 장면을 어떻게 흉내 낼 수 있었던 것인가? 혹시 생명의 불빛이 꺼지던 와중에 자신을 원망하지는 않았을까? 그렇지는 않았을 것이다. 그녀는 도리언에 대한 사랑 때문에 죽음을 택한 것이었다. 이제 도리언에게 사랑은 어떤 상징 같은 것이 되었다. 그녀는 생명을 바치며 자신을 속죄하고 싶었다. 도리언은 이제 그녀가 자신에게 준 고통을 더 이상 떠올리지 않기로 했다. 그녀는 이제 진정한 사랑을 자신에게 보여 주기 위해, 마치 이 세상이라는 무대에 내려 온 경이롭고 비극적인 인물 같았다. 경이롭고 비극적인 인물이라! 마치 어린아이처럼 순수한 시빌의 표정, 사람의 마음을 사로잡는 그녀의 매력, 쑥스러움이 많고 겁이 많던 우아한 모습 등이 떠오르자 도리언은 다시 왈칵 눈물이 쏟아졌다. 하지만 그는 황급히 눈물을 닦고, 다시 자신의 초상화로 눈길을 돌렸다.

이제 정말 선택해야만 하는 때가 다가오는 듯했다. 아니, 어쩌면 선택은 이미 끝난 것일 수도 있다. 그렇다. 이제 인생은 그의 인생, 그리고 그의 끝없는 호기심을 위해 이미 결정을 내린 것이다. 그는 이제 영원한 젊음, 사라지지 않는 열정, 은밀하게 다가오는 쾌락, 격렬한 기쁨과 그것보다 더 거침없이 격렬할 죄악. 그는 이제 이 모든 것을 다 누릴 수 있었다. 그리고 이에 따른 모든 짐은 바로 이 초상화가 대신 짊어질 것이었다. 그것이 그에게 주어진 결정이었다.

이토록 아름다운 얼굴에 그려질 더러움, 그것을 생각하니 도리언은 이내 마음이 고통스러웠다. 그는 한때 마치 나르시스처럼 초상화에 입술을 맞추는 시늉을 내곤 했었다. 하지만 지금은 그 입술이 자신에게 악독하기 그지없는 미소를 보내고 있었다. 그는 매일 아침마다 자신의 초상화에 경탄을 보냈는데, 이제 이 초상화는 자신의 상태에 따라서 얼마든지 훼손될 것이었다. 머지않아 곧 초췌하고 기괴한 모습이 될 이 초상화를 방 안에 두어도 되는 것일까? 그렇다면 마치 물결이 치는 듯한 아름다움을 선사하는 이 머리카락을 더욱더 아름답게 하는 햇빛마저 차단해야 하는 것이었다. 아, 너무나 애통하도다! 애통해!

잠시 그는 자신과 초상화 사이에 통하는 교감을 끊어 달라고 하늘에 빌겠다는 생각도 했다. 이 교감은 자신의 기도에 의해서 생긴 것이니, 어쩌면 이 교감을 끊는 것도 자신의 기도로 이루어질 수 있었다. 하지만 설령 자신을 파멸로 이끄는 결과가 따라오더라도 자신에게 영원한 젊음을 선사할 기회를 날릴 수 없다는 것은, 인생을 조금이나마 안다고 말하는 누구라도 동의할 일이었다. 아니, 어쩌면 이 초상화가 자신의 마음에 따라 달려 있다고 할 수 있는 것일까? 정말 기도한 것 때문에 자신의 짐을 짊어질 이 초상화를 가질 수 있는 것일까? 혹시 이 일에 어떤 과학적인 인과 관계가 개입된 것은 아닐까? 생명이 있는 유기체에 영향을 줄 수 있다면, 생명이 없는 무생물에게도 똑같이 영향을 줄 수 있지 않을까? 아니, 어쩌면 우리와 상관없다고 여겨지는 어떤 사물들도 우리의 기분이나 열정과 기묘한 조화를 이루며 원자를 이동할 수도 있을 것이다. 우리의 어떤 생각이나 의식적인 바람 없이도 사물들 자체가 원자를 이동시키는 미묘한 힘을 가지고 있는지도 몰랐다. 하지만 그 이유가 이제 무슨 의미가 있겠는가. 그는 이제 다시는 기도를 통해 무시무시한 힘을 부르는 것 따위는 하지 않을 것이었다. 결국 초상화는 운명에 순응하는 존재일 뿐일 텐데, 왜 우리가 그 이유를 하나하나 파고들려 하는 것인가?

어쩌면 이 초상화를 그저 감상하는 것만으로도 도리언은 진정한 기쁨을 만끽할 수 있을지도 몰랐다. 이 초상화는 자신의 마음을 비춰 자신의 은밀한 곳까지 안내할 수 있을 것이었다. 마치 마술에 나오는 거울처럼 이 초상화는 자신의 영혼을 비추어 주는 존재가 될 것이다. 이제 초상화에 겨울의 한파가 닥치더라도, 그는 여름의 끝자락에서 봄이 전율하는 곳에 영원히 서 있을 것이다. 초상화의 얼굴이 생기 가득한 홍조를 잃고 게슴츠레한 눈과 창백한 기색만 남더라도 도리언은 여전히 소년의 푸릇푸릇한 매력을 지닐 것이다. 그의 사랑스러운 꽃은 한 송이도 시들지 않을 것이며, 생명의 맥박은 절대 나약해지지 않을 것이다. 그는 그리스 신화에 나오는 신들처럼 군세고 재빠르며 즐겁고 상쾌한 존재가 될 것이다. 그러니 이 캔버스에 그려진 얼굴에 무슨 일이 생기든 어떤 걱정이겠는가! 그는 영원한 안녕을 얻을 것이고, 그렇다면 모든 일은 수월히 풀릴 수 있으리라.

도리언은 이내 얼굴에 미소를 보이며 원래 있는 자리에 초상화를 옮기고는 장막을 쳤다. 그러고는 빅터가 기다리고 있는 침실로 향했다. 한 시간 후 그는 오페라 극장에 도착했고, 헨리 경은 이미 좌석에 앉아 있었다.

9

다음 날, 도리언이 아침을 먹기 위해 식탁에 앉아 있는데 바질이 방 안으로 들어와 걱정 어린 목소리로 말을 건넸다.

"도리언, 자네를 다시 보니 정말 기쁘네. 사실 어젯밤에도 자네를 보러 왔는데, 오페라 극장에 갔다고 들었지. 물론 나는 사실이 아니라고 믿었네. 어디를 가면 간다고 누구에게 알려 주고 가지 그랬어. 어제저녁 나는 비극적인 일이 또다시 일어나지는 않을까 노심초사했다네. 자네가 그 소식을 처음 들었을 때, 바로 내게 전갈이라도 보내 주었으면 좋았을 텐데. 나는 클럽에서 〈글로브〉를 읽다가 정말 우연히 그 소식을 접하게 되었네. 그러고는 바로 자네 집으로 달려왔는데, 자네를 볼 수 없어서 내 마음이 얼마나 고통스러웠는지 모르지. 물론 자네도 괴로웠겠지만. 그런데 어제저녁에는 대체 어느 곳에 있었던 건가? 혹시 시빌 베인의 어머니를 만나러 갔나? 자네가 그리로 갔다는 소식만 접했다면 나도 분명 그곳으로 달려갔겠지. 신문에 대략 주소가 나와 있었네. 유스턴 어느쪽에 있다고 들었는데. 하지만 내가 감히 자네를 어루만져 준다고 해서 자네 마음이 풀릴 리도 없고, 내가 괜히 나서는 게 아닌가 싶은 생각도 들어서 그만두었네. 아, 가엾은 여인이여! 더구나 외동딸이라고 들었는데, 지금 심정이 어떠할지! 그래, 아가씨의 어머니는 뭐라고 하시던가?"

"바질, 제가 그걸 어떻게 알겠어요?"

도리언은 베네치아산 유리잔에 담긴 은은한 금빛 구슬 같은 거품 모양의 연노랑 와인을 홀짝이며 불평이 가득한 목소리로 말을 이었다.

"저는 정말로 오페라 극장에 갔었어요. 당신도 그곳에서 봤다면 좋았을 뻔했네요. 저는 그곳에서 해리의 여동생인 그 웬돌렌 부인을 처음 만났지요. 그녀 옆에서 오페라를 관람했어요. 부인은 정말 매력적인 분이셨어요. 그리고 그날 공연했던 파티의 노래도 너무나 성스러울 정도로 멋있었지요. 자, 그러니 우리 이제 끔찍한 과거 일에 대해서는 얘기하지 않기로 해요. 말하지 않으면 그 일은 일어나지 않은 일이 되는 법이니까요. 해리가 제게 했던 말처럼, 어떤 일에 실체를 부여하는 것은 표현이니까요. 아, 또 시빌이 그 여인의 유일한 자식이 아니라는 말씀은 드려야겠네요. 아들이 한 명 있다고 들었어요. 물론 그 친구도 꽤나 잘생겼겠지요. 하지만 그는 배우는 아니고 선원 비슷한 무언가를 하고 있을 거예요. 그건 그렇고, 요즘 바질은 어떻게 지내나요? 어떤 그림을 그리고 계시지요?"

바질은 그 말에 역겨움을 느끼며 말했다.

"아, 정말 오페라를 보러 갔단 말인가? 시빌 베인이 초라한 극장 바닥에 누워 있을 때, 자네는 그저 오페라를 보러 갔다니! 자네가 한때 열렬히 사모했던 여인이 무덤에서 영원한 안식을 누리기도 전에 어떻게 다른 여인을 바라보며 감탄할 수 있단 말인가? 그녀의 여리고 하얀 몸에 어떤 끔찍한 일이 일어날지를 뻔히 알면서 말이네!"

도리언은 그 말에 자리에서 벌떡 일어나 그에게 외쳤다.

"바질, 그만해요! 더 이상 듣고 싶지 않다고 했잖아요! 이미 끝난 일이라고요. 과거의 일은 이제 과거로 남겨 두어야죠."

"자네는 불과 하루 전 일을 과거라 부를 수 있나?"

"시간이 얼마나 지나간 게 무슨 상관인가요? 그저 변변찮은 사람들이나 그런 감정을 정리하는 데 오랜 시간이 걸리는 법이지요. 주체적인 사람들은 기쁨을 만드는 것만큼 슬픔도 금방 사라지게 할 수 있어요. 저는 감정에 휘둘리지 않고, 그 감정을 활용하며 즐기고 지배할 거예요."

"도리언, 정말 무서워졌어! 완전히 다른 사람이 된 것만 같군. 자네의 외면은 내 앞에서 아름다운 모델이 되어 주었을 때와 하나도 달라지지 않았는데 말일세. 그때는 수수하고 자연스러우며 애정이 넘치는 소년 미가 있었는데, 이제는 가슴속의 뜨거움도 없고 연민의 정도 모르는 냉혈한이 다 되었네. 분명 해리 그놈의 영향 때문이겠지."

도리언은 얼굴이 달아올라 잠시 창가로 가더니 밖을 내다

보았다. 쏟아지는 햇살 속 눈부신 정원의 푸른 모습이 그의 눈에 들어왔다. 도리언은 그 모습을 보며 말을 이었다.

"맞아요. 바질, 저는 해리에게 은혜를 많이 받았지요. 어쩌면 당신이 제게 준 은혜보다 더 많은 것을 그는 주었어요. 당신은 제게 그저 허황된 것만 알려 줬을 뿐이지만."

"아, 도리언. 그래서 내가 지금 벌을 받고 있는 모양인 것 같네. 아니면 언젠가 벌을 받거나 말일세."

"바질, 당최 무슨 말씀을 하시는지 모르겠군요. 대체 제게 원하는 게 무엇이지요?" 도리언은 다시 그를 바라보며 외쳤고, 바질은 너무나 처량한 표정을 지으며 말했다.

"내가 자네를 그릴 때의 그 도리언 그레이를 바라네."

도리언은 바질의 어깨에 살포시 손을 얹으며 말했다.

"바질, 너무 늦었어요. 어제 시빌 베인이 스스로 목숨을 끊었다는 소식을 접했을 때……."

그 말에 바질은 공포에 질린 표정으로 그를 바라보며 소리쳤다.

"맙소사, 자살이라고? 정말 사실인가?"

"바질, 설마 일반적인 사고라고 생각하신 건가요? 그녀는 분명 스스로 목숨을 끊었어요."

"아아, 정말 끔찍한 일이야." 그는 두 손으로 얼굴을 감싸며 몸서리를 쳤다.

"아니에요. 그렇게 끔찍해 하실 일은 아니지요. 어쩌면 이 일은 이 시대의 가장 낭만적인 비극 중 하나일 수도 있어요. 일반적으로 연극하는 사람들은 진부한 생활 속에 살지요. 그러니까 그들은 단지 좋거나 서로에게 충실한 배우자 같은, 그런 따분한 생활을 하는 사람들이에요. 제 말뜻을 아시겠지요. 이를테면 중산층의 미덕 같은 것을 가지고만 살아가는 사람들이요. 하지만 시빌은 달랐습니다! 그녀는 자신만의 숭고하고 비극적인 인생을 살았던 것이지요. 그녀는 언제나 주인공이었어요. 그녀가 마지막 연기를 펼쳤던 그날, 자신이 그토록 형편없는 연기를 한 이유는 그제야 비로소 사랑의 실체를 깨달았기 때문이라고 했어요. 그녀는 사랑의 덧없음을 깨닫자 줄리엣이 그랬듯이 스스로 죽음을 맞이한 것입니다. 다시 예술의 영역을 좇아간 셈이지요. 그녀의 죽음은 애처로운 무익함, 허황된 아름다움 같은 순교적 측면이 깃들어 있지요. 하지만 제가 이렇게 말한다고 해서 제 마음이 전혀 아프지 않았다고 여기지는 말아 주세요. 어제 어떤 시간, 그러니까 5시 30분이나 45분쯤 왔더라면 제가 너무나 사무치게 울음을 터뜨리는 모습을 보셨을 거예요. 심지어 제게 그 소식을 전해 주러 온 해리마저도 제가 얼마나 괴로워하고 있는지 알지 못하는 듯했어요. 저는 정말 더없이 괴로웠지만, 이제는 모든 괴로움이 사라지고 말았지요. 한 가지 감정에 빠져 있을 수만은 없는 일이에요. 감상주의를 타고난 사람이 아니고서야 어떻게 그럴 수 있겠어요. 그러니 바질, 당신의 생각은 정말 잘못된 거예요. 물론 당신 또한 저를 위로해 주기 위해 이곳에 왔다는 점은 너무나 감사히 생각해요. 하지만 제가 슬픔을 달래는 모습을 보고 그토록 화를 내다니요! 그게 인정 많은 사람이 할 수 있는 일인 건가요?

당신은 해리가 제게 들려준 어떤 박애주의자의 이야기를 떠올리게 하네요. 아마 어떤 불만의 원인을 제거하기 위해서 였는지 혹은 불법을 바꾸기 위해서였는지 정확히는 모르지만, 그 박애주의자는 이를 위해 20년을 넘게 바쳤다고 했어요. 결국 그는 자신이 바라던 일을 해냈지만, 곧 지금껏 느껴 보지 못했던 커다란 낙심에 사로잡혔다고 하더군요. 자신이 목표했던 바를 이루고 나니 아무것도 할 일이 없어져 권태로 움에 죽을 지경이 됐다고 해요. 심지어 고질적인 염세주의자가 되었다고 합니다. 그러니 바질, 정말 저를 위로해 주고 싶으시다면 지난 일을 잊게 하고, 예술 본연의 관점으로 세상을 보도록 해 주셔야 되는 거 아닌가요? '예술의 위안'이라는 말을 했던 사람이 고티에(유미주의적 사조를 지닌 프랑스의 시인이자 소설가)였던가요? 언젠가 당신의 화실에서 고급 가죽 표지의 작은 책을 집어 들고는 그 유쾌한 구절을 읽은 기억이 떠오르네요.

아무튼 저는 우리가 말로에 함께 있었을 때 당신이 이야기해 주던 그 청년과는 조금 다른 사람입니다. 어떤 불행이 닥쳐오더라도 노란색 공단(貢緞)만 있다면 모든 슬픔을 잊을 수 있다고 말하던 그 사람 말이지요. 물론 저도 손으로 만질 수 있는 아름다운 물건들을 좋아하기는 해요. 무늬가 새겨진 비단, 초록빛이 가득한 청동, 아름답게 옻칠된 물건, 조각이 새겨진 상아, 화려한 주변의 경치와 사치품, 그런 것에서 우리는 많은 것을 얻을 수 있지요. 하지만 저는 그런 물건 자체보다 그것들이 선사하는 예술적인 기운에 훨씬 더 큰 위로를 얻는답니다.

　해리의 말처럼 자신의 인생을 관조하는 관객이 된다면, 우리는 인생의 고통에서 해방될 수 있어요. 제가 하는 말에 놀라고 계시리라 생각해요. 당신은 제가 그동안 얼마나 성장했는지 모르실 거예요. 당신을 처음 만났을 때의 저는 그저 어린아이에 불과했지만, 이제는 어엿한 남자가 되었지요. 새로운 열정, 새로운 생각, 새로운 의식이 생겨났어요. 저는 이렇게 변했지만, 당신만은 언제나 제 친구로 남아 주었으면 좋겠어요. 물론 저는 해리를 좋아하지만, 당신이 해리보다 더 좋은 분이라는 것은 잘 알고 있으니까요. 당신은 인생을 두려워하는 약한 사람일 뿐이지, 다른 이보다 훨씬 좋은 사람이지요. 더구나 우리는 정말 행복한 시간들을 보낸 사이잖아요! 그러니 바질, 제 곁을 떠나시면 안 돼요. 더 이상 싸우지도 말고요. 그리고 똑똑히 봐 주세요. 지금 제 모습이 진짜 제 모습이에요. 그 외에는 더 드릴 말씀이 없어요."

　바질은 그 말에 묘하게 마음이 움직이고 있었다. 도리언은 너무나 소중한 존재였고, 도리언만이 가진 매력적인 개성은 바질의 예술에 커다란 전환점을 선사해 주었다. 바질은 차마 그런 도리언에게 더 이상 모진 소리를 할 수 없었다. 또한 지금 도리언의 냉담한 모습은 언젠가 사라질 일시적인 모습에 불과하다고도 여겼다. 도리언에게는 아직 좋은 면이나 고귀한 면이 훨씬 더 많았기 때문이다. 화가는 서글픈 웃음을 보이며 말을 건넸다.

　"알겠네. 이제 오늘 이후로 내가 이 끔찍한 사건에 대해 말하는 일은 없을 걸세. 또한 이 사건에 대해 자네 이름이 거론되는 일도 없어야겠지. 오늘 오후에 수사가 진행된다고 들었네. 혹시 그들이 자네를 소환하지는 않았나?"

도리언은 고개를 젓다가 '수사'라는 말을 듣자 언뜻 불쾌한 표정을 짓기도 했다. 수사 같은 일은 어쩐지 하나같이 저속하고 상스러운 느낌이 들었기 때문이다.

"그 사람들은 제 이름을 모를 거예요."

"하지만 그녀는 분명 자네 이름을 알지 않나."

"이름만 알 뿐이지 성은 몰랐어요. 그리고 그녀는 분명 다른 사람에게 제 이야기를 하지 않았겠지요. 언젠가 그녀는 자신의 주변 사람들이 저에 대해 굉장히 궁금해한다는 말을 건넨 적이 있어요. 하지만 그녀는 언제나 저를 '아름다운 왕자님'이라고만 칭했답니다. 정말 귀여운 여인이었지요.

바질, 시빌 베인의 초상화를 그려 주실 수 있을까요? 우리가 나누었던 몇 번의 입맞춤, 그리고 제가 끝내 지키지 못한 약속 같은 기억 말고도 더욱 그녀를 생생히 기억할 만한 매개를 가지고 있었으면 해서요."

"물론이네. 자네에게 그런 기쁨을 선사할 수 있다면 얼마든지 그려 주겠네. 하지만 자네가 다시 내 화실에서 모델이 되어 주면 좋겠네. 나는 이제 자네 없이는 그림 자체를 계속 그리지 못하겠네."

그러자 바질이 물러서며 외쳤다.

"바질, 저는 이제 다시는 모델로 서지 않을 거예요. 이제 그럴 수는 없어요!"

"이보게, 무슨 가당찮은 소리를 하는 건가." 바질은 그를 노려보며 말을 이었다.

"설마 내가 그려 준 초상화가 마음에 들지 않기라도 한 건가? 그러고 보니 내 초상화는 어디 있지? 아니, 왜 초상화에 장막을 친 건가? 그림을 보여 주게. 그 초상화는 내 인생의 역작이란 말일세. 어서 장막을 치우게. 아마 자네 하인이 내 작품을 저렇게 가린 모양이지. 정말 치욕스럽군. 어쩐지 이 방에 들어올 때 무언가가 달라져 있다고 느꼈는데 말이네."

"바질, 하인은 아무 연관이 없어요. 혹시 제가 하인에게 제 방을 정리하게 시켰다고 생각하신 건 아니겠지요? 빅터는 가끔 저를 위해 이 방에 꽃을 꽂아 두고 나갈 뿐이에요. 적어도 하인은 이 방에는 하나도 손을 댄 게 없지요. 장막은 제가 직접 쳤어요. 초상화에 너무 강한 햇살이 쏟아질까 봐 그랬지요."

"햇살이 너무 강하다니! 이보게, 이 방은 초상화를 걸어 놓기에 얼마나 적당한 장소인지 모르나? 자, 어디 한번 보세."

바질은 그렇게 말하고는 장막 앞으로 발걸음을 옮겼다. 그 순간 도리언의 입에서 겁에 질린 비명이 터져 나왔고, 그는 장막 앞을 가로막으며 새파랗게 질린 표정으로 말했다.

"바질, 보시면 안 돼요. 저는 당신이 이 초상화를 보시는 걸 바라지 않아요."

"아니, 내가 내 작품을 보면 안 된다니! 지금 농담하는 건가? 왜 내가 작품을 보면 안 되는 거지?" 바질은 황당한 웃음을 지으며 크게 소리쳤다.

"만약 당신이 그림을 보겠다고 고집을 피운다면, 맹세컨대 저는 살아 있는 동안은 절대 당신과 어떤 말도 섞지 않을 겁니다. 정말이에요. 이유를 설명드릴 수는 없어요. 그러니 제발 더 이상 묻지 말아 주세요. 하지만 당신이 저 장막에 손을 대기라도 한다면, 우리의 사이가 당장 끊어진다는 것은 꼭 기억하세요."

바질은 마치 벼락을 맞은 것처럼 너무 놀라 도리언을 멍하니 바라보았다. 창백해진 채 격한 모습, 두 주먹을 불끈 쥐고 눈동자에 푸른 불꽃이 타오르는 모습. 예전에는 전혀 찾아볼 수 없던 것이었다. 그는 온몸을 떨고 있었다.

"도리언!"

"아무 말도 하지 말아요."

바질은 천천히 창가로 향하며 차갑게 말했다.

"대체 왜 이러는 건가? 물론 자네의 뜻에 따르겠네. 하지만 내 작품을 내가 보지 못한다니 조금 황당하기는 하군. 더구나 그 초상화는 이번 가을쯤 파리에 전시할 예정이네. 그러기 위해서는 전에 니스 칠을 해야 할 테니 언젠가는 봐야만 하겠지. 어쨌든 오늘은 안 된단 말인 건가?"

"그림을 전시한다니요! 정녕 전시하고 싶으신 건가요?"

도리언은 자신에게 가만히 다가오는 공포감을 느끼고 있었다. 그렇게 된다면 자신의 비밀이 만천하에 드러날 것 아니겠는가. 그럴 수는 없었다. 어떻게 해야 할지는 몰랐지만, 당장 무언가 조처해야만 할 듯했다.

"그럴 생각이었네. 자네도 차마 반대하지는 않겠지. 10월

첫째 주쯤 세즈 거리에서 전시회를 열기로 했네. 조르주 프티 화랑은 아마 내 그림 중에서 가장 뛰어난 작품을 가져가려 하겠지. 한 달 정도 초상화를 내어 주는 것쯤은 해 줄 수 있지 않겠나. 그때쯤이면 자네도 런던을 떠나 있겠지. 더구나 자네는 그림을 항상 저렇게 가려 놓고 있으니, 그렇게 신경 쓰이지도 않을 것 같고."

도리언은 손을 이마에 갖다 대었다. 이마에는 어느새 땀방울이 흥건했다. 도리언은 벼랑 끝에 몰린 것만 같은 느낌이 들었다.

"한 달 전만 해도 당신은 저 초상화를 절대 전시하지 않을 거라고 했잖아요! 대체 생각이 바뀌신 이유가 뭐지요? 초지일관하는 뚝심을 지키는 줄 알았던 당신도 그저 변덕이 심한 보통 사람들과 다를 바 없군요. 당신의 변덕은 어떤 의미도 갖지 못한다는 게 차이라면 차이겠지만요. 아니, 어떤 일이 일어나도 이 작품을 전시하지 않겠다고 제게 다짐했던 걸 벌써 잊으신 건가요? 해리에게도 같은 말을 하셨고요."

순간 그의 두 눈에 한 줄기 광채가 스쳐 지나갔다. 도리언은 갑자기 예전에 헨리 경이 농담 반 진담 반으로 자신에게 해 주었던 말을 떠올렸다.

'한 15분쯤 묘한 경험을 해 보고 싶다면, 바질에게 자신의 초상화를 걸지 않으려는 이유를 물어 보면 좋을 거야. 나한테 그 얘기를 해 주었는데, 너무나 뜻밖의 이야기였으니 말이네.'

혹시 바질도 무언가 숨기고 있는 것이 있지는 않을까. 도리언은 지금이 바질에게 이 질문을 건넬 절호의 기회라고 여겠다. 곧 도리언은 바질 앞으로 다가와 그의 얼굴을 똑바로 쳐다보며 말했다.

"바질, 우리는 각자 비밀을 갖고 있기 마련이지요. 당신 비밀을 말해 주세요. 그렇다면 저도 제 비밀을 말씀드릴게요. 어떤 이유로 제 초상화를 전시하지 않으려고 했나요?"

바질은 자기도 모르게 몸을 떨면서 말했다.

"도리언, 내가 그 이유를 말해 준다면 아마 자네는 지금보다 아마 더 나를 하찮게 여길 수도 있네. 분명 나를 비웃겠지. 자네가 둘 중 어떤 반응을 보이더라도 나는 견디지 못할 것만 같네. 내가 초상화를 다시는 보지 않기를 바란다면, 나는 기꺼이 그렇게 하겠네. 나는 자네를 바라보면 되니까. 내가 그린 역작이 세상의 빛을 보지 못하더라도, 나는 자네의 뜻에 응하겠네. 나는 한낱 평판이나 명성보다 자네와의 우정을 더 소중히 생각하니까 말일세."

"아니에요. 바질, 꼭 말해 주세요. 저는 마땅히 알 권리가 있다고 생각해요." 도리언은 물러서지 않았다. 이제 공포는 저 멀리 사라지고, 호기심만이 그를 가득 채웠다. 그는 꼭 바질의 비밀을 파헤쳐야겠다고 마음먹었다. 한편 바질은 불현듯 난처한 표정을 지으며 말했다.

"도리언, 일단 자리에 앉지. 한 가지만 대답해 주게. 혹시 저 초상화에서 뭔가 특이한 변화를 발견하지 못했나? 처음에는 눈에 띄지 않던 것이 어느 순간 달라지고 하는 것처럼 말이네."

"바질!" 도리언은 그 말에 손을 부들부들 떨며 의자의 팔

걸이 부분을 꼭 쥔 채 소리를 지르고는 바질을 노려보았다.

"역시 그랬었군. 말하지 않아도 되네. 내 말을 다 듣고 얘기하게. 도리언, 우리가 처음 만났던 그때부터 자네의 매력은 내게 크나큰 영향을 주었네. 내 영혼, 두뇌, 그리고 능력은 이내 자네에게 압도당하고 말았지. 자네는 내게 눈에 보이지 않는 이상(理想) 같은 존재가 되었지. 우리 예술가들은 마치 강렬한 꿈처럼, 그런 이상에 대한 기억들이 머릿속에서 떠나지 않는 법이네. 그렇게 난 자네를 숭배하게 되었네. 또한 그러면서 자네와 이야기를 나누는 모든 사람에게 질투감마저 느끼기 시작했네. 난 자네를 독차지하려는 마음을 품었던 것일세. 나는 자네와 함께 있을 때는 언제나 행복감을 느꼈네. 또한 자네가 내 곁을 떠났을 때도 자네는 언제나 내 예술의 영역 안에 함께했었고……

물론 나는 자네가 이런 사실을 알지 못하도록 처신하려고 노력했네. 이 사실을 자네는 이해할 수 없을 테니 말일세. 실은 나도 이런 내 스스로를 이해하기 쉽지 않았네. 다만 나는 완벽에 가까운 존재를 맞이했고, 그 이후에 내가 바라보는 세상은 전과 달리 너무나 경이롭게 변했다는 사실만을 알고 있었을 뿐이지. 하지만 이런 내게는 이 경이로움만큼의 위험이 도사리고 있을지도 모른다는 느낌이 들었네. 다시 말하면, 자네를 지키기 위해 드는 수고 못지않게 자네를 잃어버릴지도 모른다는 공포 같은 것이라고 할까. 시간이 흐를수록 나는 점점 자네를 탐닉하고 있었지.

그러던 중 내게 새로운 진전이 있었다네. 처음에 나는 자네를 아름다운 갑옷을 입은 파리스(그리스 신화에 나오는 트로이의 영웅)로, 사냥꾼의 망토를 걸치고 번쩍이는 멧돼지 사냥용 창을 지닌 아도니스(그리스 신화에 나오는 미소년)로 그리려 했네. 또한 크나큰 연꽃으로 만든 왕관을 쓰고 하드리아누스(로마 제국의 황제)가 되어 뱃머리에 앉아 푸른 나일강을 바라보고 있는 모습과 어느 날 그리스 숲속의 조용한 연못에서 수면에 비친 자신의 외모를 바라보며 경탄하는 모습을 떠올렸지. 그런 모습은 바로 예술이 오롯이 갖춰야 하는 모든 것, 다시 말해 무의식적이면서도 이상적인 모습으로 현실 너머에 존재하는 듯한 모습이었네.

그러던 어느 날, 가끔 내가 운명의 날이라 생각하곤 하는 그날, 나는 실제 자네의 모습을 과거 죽은 사람들의 옷이 아닌 우리 시대의 옷 그대로 그려야겠다고 생각했네. 단순히 사실주의 그림을 그리고 싶어서 그랬던 것인지, 혹은 온전한 자네의 개성을 표출하고 싶어서 그랬던 것인지는 알 수 없네. 하지만 나는 초상화를 그리면서 똑똑히 알게 되었네. 물감의 얇은 층 하나하나에 내 비밀을 숨겨 놓은 것만 같은 기분. 이토록 열렬히 자네를 숭배하는 이 마음을 혹여나 다른 이들에게 들킬지도 모른다는 두려움이 몰려왔네. 도리언, 난 결국 자네의 초상화에 너무나 많은 내 모습을 표현했다는 것을 깨달았네. 그래서 그림을 전시하지 말아야겠다고 생각하게 된 것이지. 자네는 그런 내게 통명스럽게 화를 냈지만, 그때 이 초상화가 내게 어떤 의미를 지니는지 전혀 알지 못했겠지. 해리는 내 이야기를 듣더니 그저 조용히 나를 비웃더군. 하지만 나는 조금도 개의치 않았네. 마침내 그림이 완성되고 이와 마주앉고 나자, 내 생각이 틀리지 않았다는 걸 확신할 수 있었네.

아아, 나는 초상화가 화실을 벗어날 때가 되어서야 그것의 매혹에서 벗어날 수 있었네. 그때까지만 해도 나는 너무나 아름다운 자네의 초상화를 그렸다는 사실 이외에 그림에서 무언가를 발견했다고 생각하는 어리석은 상상을 했지. 어쩌면 작품을 창작하며 느끼는 열정이 고스란히 작품 안에 드러난다는 것은 예술이 빚어낸 착각이지 않겠나. 사실 예술은 우리가 생각하는 것 이상으로 추상적이네. 다양한 사조와 색채는 단순히 예술을 표현하는 데 그칠 뿐이지. 예술은 예술가를 드러내려 하는 것이 아니라는 생각도 드네. 오히려 철저히 예술가를 감추기 위해 존재하는 것이겠지. 그런 생각이 들 때쯤 파리에서 제안을 받고, 나는 자네의 초상화를 대표 작품으로 걸기로 마음먹었네. 하지만 자네가 이렇게 반대할 줄은 몰랐지. 하지만 조금 더 생각해 보니, 자네의 말이 맞는 듯하네. 전시하면 안 되겠네.

도리언, 내가 이런 이야기를 했다고 너무 괘씸히 여기지 말아 주게. 예전에 해리에게도 한번 말한 적이 있지만, 자네는 숭배를 받을 자격을 타고난 사람이니 말일세."

도리언은 길게 숨을 내쉬었다. 이내 그의 볼에 혈색이 돌아오고, 입가에는 다시 미소가 흘렀다. 이제 위험천만한 순간은 지나간 것이었다. 그것은 당분간 안전하다는 의미이기도 했다. 동시에 도리언은 자신에게 이런 묘한 고백을 건넨 화가에게 더없는 연민의 정을 느꼈다. 또한 이 화가처럼 자신도 어떤 이의 개성에 매료되어 그것에 압도당한 적이 없는지를 떠올리기도 했다. 헨리 경의 개성은 너무나 위험천만했다. 그는 박학다식했지만, 너무나 냉소적이었기에 자신이 압도당할 만한 인물은 아니었다. 정녕 자신의 마음을 맹목적인 숭배로 가득 채워 줄 인물은 존재하는 것인가? 혹시 인생이 자신을 위해 그런 사람을 마련해 놓은 것은 아닐까?

"도리언, 정말 뜻밖이네. 자네도 초상화에서 그것을 발견하다니, 정말 사실인가?"

"분명 기묘한 무언가를 봤어요."

"음, 그렇다면 그 초상화를 이제 봐도 되겠지?"

도리언은 고개를 저으며 말했다.

"바질, 부디 제게 그런 부탁은 하지 말아 주세요. 저는 차마 당신을 저 초상화 앞에 서게 할 수 없어요."

"그럼 언제 다시 볼 수 있는 건가?"

"앞으로도 절대 볼 수 없을 거예요."

"음, 자네 생각이 맞겠지. 알겠네. 도리언, 그럼 난 이만 가 보겠네. 자네는 내 예술에 영향을 준 유일한 인물이네. 내가 만든 훌륭한 작품은 무조건 다 자네의 공이 크네. 아, 내가 자네에게 이런 이야기를 모두 털어놓는 게 얼마나 힘들었는지 자네는 모를 걸세."

"바질, 그런데 대체 저에게 어떤 이야기를 했다는 건가요? 당신은 그저 저를 숭배했다는 말만 늘어놓았잖아요. 이건 칭찬이라고 할 수도 없는 것 같은데요."

"아아, 내 말은 단순한 찬사가 아닌 고백이었네. 마침내 고백하고 나니 내게서 무언가가 빠져나간 것만 같군. 어쩌면 이런 숭배의 감정은 절대 입 밖에 내서는 안 되는 것인지도 모르겠네."

"그렇다면 정말 실망스러운 고백이었네요."

"맙소사, 자네는 대체 내가 어떤 이야기를 해 주길 바랐던 건가? 혹시 조금 전 말한 특이한 변화를 보지 못한 건 아닌가? 아니면 다른 변화라도 있었나?"

"아뇨, 그것도 없었어요. 그런데 왜 그런 질문을 하시는 거지요? 어쨌든 당신은 숭배라고 말씀하시지는 말았어야 해요. 너무나 바보 같은 생각이군요. 당신과 저는 친구 사이잖아요. 그리고 우리는 앞으로 영원히 그런 사이가 될 거예요."

"자네에게는 해리가 있잖나." 화가는 씁쓸한 목소리로 말했다. 그 말에 도리언은 야릇한 미소를 지으며 답했다.

"아, 해리! 그 사람은 낮에는 그저 믿을 수 없는 말만 늘어놓고, 밤에는 허황돼 보이는 일들만 하며 지내는 사람이잖아요. 물론 저도 그런 삶을 살고 싶은 마음이 크지만, 제가 곤란할 때 그에게 기대고 싶은 마음은 조금도 없어요. 그런 일이 생긴다면 저는 주저 없이 당신에게 달려갈 거예요."

"바질, 그렇다면 다시 내 모델이 되어 줄 수는 없는 건가?"

"그럴 수는 없어요!"

"도리언, 자네가 내 부탁을 거절한다면 예술가로서의 내 삶을 망칠 수 있다는 걸 부디 알아주게. 어떤 예술가도 이상적인 모델을 두 명이나 만날 수는 없지. 대부분 사람은 한 명을 접하는 것도 어렵지만 말이네."

"바질, 정확히 이유를 설명드릴 수는 없지만 저는 이제 당신의 모델이 될 수는 없을 거예요. 어쩌면 그 초상화에는 어떤 숙명적인 게 있는 것은 아닐까요? 어쨌든 차를 마시러 들르기는 할게요. 분명 그것도 나름 우리에게 즐거운 일이 될 거예요."

"자네는 그럴 수도 있겠지." 바질은 아쉬워하며 읊조리고는 말을 이었다.

"어쨌든 정말 가 봐야겠네. 저 초상화를 꼭 다시 보고 싶었는데 볼 수 없게 되다니 안타까울 뿐이네. 하지만 자네의 뜻이 그렇다면 어쩔 수 없이 따라야겠지. 자네를 충분히 이해하니 말이네."

그렇게 바질은 방을 떠났고, 도리언은 이내 환한 미소를 지었다. 아아, 가엾은 바질! 진짜 이유를 알아내지 못하다니! 자신의 비밀을 밝히지 않고, 친구의 비밀을 캐낸다는 것은 얼마나 묘한 일인가. 그는 바질의 기묘한 고백으로 많은 것을 깨닫게 되었다. 그토록 터무니없는 질투심과 열광적인 헌신, 그리고 과도한 칭찬과 괴이할 정도의 침묵을 모두 이해할 수 있었다. 이처럼 낭만적인 사랑이 덧씌워진 우정에는 무언가 비극적인 면이 공존하는 것은 아닐지도 모른다는 생각에 도리언은 잠시 슬픈 마음이 들기도 했다.

그는 잠시 한숨을 쉰 뒤, 종을 울렸다. 우선 무슨 수를 써서라도 초상화를 감춰야만 했다. 친구들이 드나드는 이 방에 무려 한 시간씩이나 이 초상화를 두게 한 것은 분명 잘못이었으니.

생각뿔 │ 세계문학 미니북 클라우드 라이브러리

거장의 숨소리를 만나는 특별한 여행

001 │ 위대한 개츠비 × F. 스콧 피츠제럴드 Francis Scott Key Fitzgerald
• 〈타임〉 선정 '현대 100대 영문 소설' • 랜덤하우스 선정 '20세기 100대 영문 소설' 2위
• BBC 선정 '반드시 읽어야 할 고전'

002 │ 동물농장 × 조지 오웰 George Orwell
• 〈타임〉 선정 '현대 100대 영문 소설' • 미국 대학위원회 SAT 추천 도서 • 〈뉴스위크〉
선정 '세계 100대 명저' • BBC 선정 '지난 1,000년간 최고의 문학가' 3위

003 │ 노인과 바다 × 어니스트 헤밍웨이 Ernest Hemingway
• 노벨 연구소 선정 '세계 문학 100 작품' • 〈뉴스위크〉 선정 '세상을 움직인 100권의
책' • 우리나라 문인이 가장 선호하는 '세계 문학 100선'

004 │ 데미안 × 헤르만 헤세 Herman Hesse
• 미국 대학위원회 SAT 추천 도서 • 1946년 노벨 문학상 수상 작가 • 우리나라 문인이
가장 선호하는 '세계 문학 100선'

005 006 007 │ 오만과 편견 × 제인 오스틴 Jane Austen
• 미국 대학위원회 SAT 추천 도서 • 노벨 연구소 선정 '세계 문학 100대 작품'
• BBC 선정 '지난 1,000년간 최고의 문학가' 2위

008 009 │ 1984 × 조지 오웰 George Orwell
• 〈타임〉 선정 '현대 100대 영문 소설' • 〈뉴스위크〉 선정 '역대 세계 최고의 책' 2위
• BBC 선정 '지난 1,000년간 최고의 문학가' 3위

010 │ 이방인 × 알베르 카뮈 Albert Camus
• 미국 대학위원회 SAT 추천 도서 • 1957년 노벨 문학상 수상 작가 • 노벨 연구소 선정
'세계 문학 100대 작품' • 우리나라 문인이 가장 선호하는 '세계 문학 100선'

011 | 젊은 베르테르의 슬픔 × 요한 볼프강 폰 괴테 Johann Wolfgang von Goethe

- 미국 대학위원회 SAT 추천 도서
- 서울대학교 선정 '세계 문학 작품 100'

012 013 | 페스트 × 알베르 카뮈 Albert Camus

- 1957년 노벨 문학상 수상 작가 • 서울대학교 선정 '고전 200선'
- 국립중앙도서관 선정 '고전 100선'

014 | 인간 실격 × 다자이 오사무 Dazai Osamu

- 〈뉴욕타임스〉 선정 '일본 문학'

015 | 변신 × 프란츠 카프카 Franz Kafka

- 미국 대학위원회 SAT 추천 도서 • 서울대학교 선정 '권장 도서 100선'
- 연세대학교 선정 '필독 도서 200선'

016 017 | 그리스인 조르바 × 니코스 카잔차키스 Nikos Kazantzakis

- 미국 대학위원회 SAT 추천 도서 • 노벨 연구소 선정 '세계 문학 100대 작품'
- 우리나라 문인이 가장 선호하는 '세계 문학 100선'

018 | 지킬박사와 하이드 × 로버트 루이스 스티븐슨 Robert Louis Stevenson

- 아마존 선정 '일생에 읽어야 할 100권의 책'
- 〈옵서버〉 선정 '가장 위대한 소설 100권'
- 우리나라 문인이 가장 선호하는 '세계 문학 100선'

019 | 사람은 무엇으로 사는가 × 레프 니콜라예비치 톨스토이 Leo Nikolayevich Tolstoy

- 영어권 문학가들이 뽑은 '가장 좋아하는 작가'

020 | 어린 왕자 × 앙투안 드 생텍쥐페리 Antoine Marie Roger De Saint Exupery

- 아마존 선정 '일생에 읽어야 할 100권의 책'
- 우리나라 교수들이 뽑은 '다시 읽고 싶은 책 33선' 10위

021 | 오 헨리 단편선 × 오 헨리 O. Henry

- 서울대학교 추천 도서 • 서울시 교육청 추천 도서

022 | 수레바퀴 아래서 × 헤르만 헤세 Herman Hesse
- 1946년 노벨 문학상 수상 작가 ∙ 서울대학교 선정 '고전 200선'

023 | 프랑켄슈타인 × 메리 셸리 Mary Shelley
- 〈옵서버〉 선정 '가장 위대한 소설 100권'
- 〈뉴스위크〉 선정 '세계 100대 명저'

024 | 사양 × 다자이 오사무 Dazai Osamu
- 다자이 오사무 최고의 베스트셀러

025 | 탈무드 × 유대인 랍비들 Jewish Rabbis
- 5,000년 유대인 지혜의 책

026 | 싯다르타 × 헤르만 헤세 Herman Hesse
- 1946년 노벨 문학상 수상 작가

027 | 햄릿 × 윌리엄 셰익스피어 William Shakespeare
- 미국 대학위원회 SAT 추천 도서 ∙ 〈뉴스위크〉 선정 '세계 100대 명저'
- 서울대학교 선정 '권장 도서 100선' ∙ 국립중앙도서관 선정 '청소년 권장 도서'

028 | 인형의 집 × 헨리크 입센 Henrik Ibsen
- 2001년 자필 원고 유네스코 세계기록유산 지정

029 030 031 | 안나 카레니나 1~3 × 레프 톨스토이 Leo Nikolayevich Tolstoy
- 〈옵서버〉 선정 '인류 역사상 가장 훌륭한 책' ∙ BBC 선정 '반드시 읽어야 할 고전'
- 〈뉴스위크〉 선정 '세계 100대 명저' ∙ 서울대학교 선정 '권장 도서 100선'

*** | 마담 보바리 1~2 × 귀스타브 플로베르 Gustave Flaubert
- 미국 대학위원회 SAT 추천 도서 ∙ 〈동아일보〉 선정 '우리나라 명사들의 추천 도서'

*** | 체호프 단편선 × 안톤 체호프 Anton Pavlovich Chekhov
- 노벨 연구소 선정 '세계 문학 100대 작품'
- 1888년 푸시킨상 수상 작가

*** | 도리언 그레이의 초상 1~2 × 오스카 와일드 Oscar Wilde
- 미국 대학위원회 SAT 추천 도서
- 〈동아일보〉 선정 '우리나라 명사들의 추천 도서'

*** | 로미오와 줄리엣 × 윌리엄 셰익스피어 William Shakespeare
- 미국 대학위원회 SAT 추천 도서
- 서울대학교 선정 '동서 고전 200선'

*** | 에드거 앨런 포 단편선 × 에드거 앨런 포 Edgar Allan Poe
- 미국 대학위원회 SAT 추천 도서 • 노벨 연구소 선정 '세계 문학 100대 작품'

*** | 예언자 × 칼릴 지브란 Kahlil Gibran
- 성경 다음으로 많이 읽힌 책

*** | 적과 흑 1~2 × 스탕달 Stendhal
- 국립중앙도서관 선정 '청소년 권장 도서'

*** | 폭풍의 언덕 × 에밀리 브론테 Emily Bronte
- 미국 대학위원회 SAT 추천 도서 • BBC 선정 '반드시 읽어야 할 고전'
- 〈옵서버〉 선정 '인류 역사상 가장 훌륭한 책'
- 국립중앙도서관 선정 '청소년 권장 도서'

*** | 독일인의 사랑 × 프리드리히 막스 뮐러 Friedrich Max Müller
- 한국출판문화산업진흥원 선정 '대학 신입생 추천 도서'

*** | 이상한 나라의 앨리스 × 루이스 캐럴 Lewis Carroll
- BBC 선정 '영국인이 즐겨 읽은 책 100선' • 영국 최고 아동 도서 50선

*** | 두 도시 이야기 × 찰스 디킨스 Charles John Huffam Dickens
- 미국 대학위원회 SAT 추천 도서 • 미국 하버드대학교 선정 '신입생 추천 도서'

*** | 오페라의 유령 × 가스통 르루 Gaston Leroux
- 세계 4대 뮤지컬인 〈오페라의 유령〉 원작

*** | 월든 × 헨리 데이비드 소로 Henry David Thoreau
- 미국 대학위원회 SAT 추천 도서

*** | 킬리만자로의 눈 × 어니스트 헤밍웨이 Ernest Hemingway
- 1954년 노벨 문학상 수상 작가

*** | 오즈의 마법사 × 라이먼 프랭크 바움 L. Frank Baum
- 미국 대학위원회 SAT 추천 도서
- 연세대학교 선정 '필독 도서'

*** | 레 미제라블 1~5 × 빅토르 위고 Victor Marie Hugo
- 세계 4대 뮤지컬인 〈레 미제라블〉 원작 • WTO 북클럽 추천 도서

*** | 파우스트 1~2 × 요한 볼프강 폰 괴테 Johann Wolfgang von Goethe
- 미국 대학위원회 SAT 추천 도서 • 서울대학교 선정 '권장 도서 100선'
- 국립중앙도서관 선정 '청소년 권장 도서'

*** | 바냐 아저씨 × 안톤 체호프 Anton Pavlovich Chekhov
- 서울대학교 선정 '동서 고전 100선'

*** | 바람이 분다 × 호리 다쓰오 Tatsuo Hori
- 애니메이션 〈바람이 분다〉 원작

*** | 세 가지 질문 × 레프 니콜라예비치 톨스토이 Leo Nikolayevich Tolstoy
- 영어권 문학가들이 뽑은 '가장 좋아하는 작가'

*** | 맥베스 × 윌리엄 셰익스피어 William Shakespeare
- 미국 대학위원회 SAT 추천 도서
- 서울대학교 선정 '권장 도서 100선'
- 연세대학교 선정 '필독 도서 200선'
- 국립중앙도서관 선정 '청소년 권장 도서'

*** | 외투 · 코 × 니콜라이 바실리예비치 고골 Nikolai Vasilievich Gogol
- 러시아 단편 소설의 모태가 된 작품

*** | 리어왕 × 윌리엄 셰익스피어 William Shakespeare
- 미국 대학위원회 SAT 추천 도서
- 〈뉴스위크〉 선정 '세계 100대 명저'
- 〈가디언〉 선정 '권장 도서'

*** | 좁은 문 × 앙드레 지드 Andr-Paul-Guillaume Gide
- 1947년 노벨 문학상 수상 작가

*** | 벚꽃 동산 × 안톤 체호프 Anton Pavlovich Chekhov
- 세계 3대 단편 소설 작가의 극작품 • 1888년 푸시킨상 수상 작가

*** | 벤자민 버튼의 시간은 거꾸로 간다 × F. 스콧 피츠제럴드 Francis Scott Key Fitzgerald
- 영화 〈벤자민 버튼의 시간은 거꾸로 간다〉 원작

*** | 눈의 여왕 × 한스 크리스티안 안데르센 Hans Christian Andersen
- 노벨 연구소 선정 '세계 문학 100대 작품' • 세계를 움직인 100권의 책

*** | 개를 데리고 다니는 여인 × 안톤 체호프 Anton Pavlovich Chekhov
- 노벨 연구소 선정 '세계 문학 100대 작품' • 서울대학교 선정 '고전 200선'
- 1888년 푸시킨상 수상 작가

*** | 이솝 이야기 × 이솝 Aesop
- 서울 독서교육연구회 권장 도서 • 어린이 독서위원회 권장 도서

*** | 무기여 잘 있거라 × 어니스트 헤밍웨이 Ernest Hemingway
- 1954년 노벨 문학상 수상 작가

*** | 네 개의 서명 × 아서 코난 도일 Arthur Conan Doyle
- BBC 드라마 〈셜록〉 원작

*** | 배스커빌가의 개 × 아서 코난 도일 Arthur Conan Doyle
- BBC 드라마 〈셜록〉 원작

*** | 미녀와 야수 × 쟌 마리 르 프랭스 드 보몽 Jeanne-Marie Leprince de Beaumont
- 애니메이션 〈미녀와 야수〉 원작

*** | 공포의 계곡 × 아서 코난 도일 Arthur Conan Doyle
- BBC 드라마 〈셜록〉 원작

*** | 주홍색 연구 × 아서 코난 도일 Arthur Conan Doyle
- BBC 드라마 〈셜록〉 원작

*** | 제인 에어 1~2 × 샬럿 브론테 Charlotte Bronte
- 〈옵서버〉 선정 '인류 역사상 가장 훌륭한 책' • 〈가디언〉 선정 '세계 100대 최고의 책'
- BBC 선정 '반드시 읽어야 할 고전' • 미국 대학위원회 SAT 추천 도서

*** | 피아노 치는 여자 × 엘프리데 옐리네크 Elfriede Jelinek
- 2004년 노벨 문학상 수상 작가

*** | 왼손잡이 × 니콜라이 레스코프 Nikolai Semyonovich Leskov
- 러시아 사람들이 가장 좋아하는 소설

*** | 마음 × 나쓰메 소세키 Natsume Sosek
- 서울대학교 선정 '권장 도서 100선'

*** | 실낙원 1~2 × 존 밀턴 John Milton
- 단테의 『신곡』과 함께 '최고의 기독교 서사시'로 꼽히는 작품

*** | 복낙원 × 존 밀턴 John Milton
- 기독교 서사시 『실낙원』의 속편

*** | 테스 1~2 × 토머스 하디 Thomas Hardy
- 미국 대학위원회 SAT 추천 도서 • BBC 선정 '영국인이 사랑한 도서 100선'
- 서울대학교 선정 '고등학생 권장 도서 100선'

*** | 어머니 이야기 × 한스 크리스티안 안데르센 Hans Christian Andersen
- 1846년 덴마크 단네브로 훈장 수상 작가

*** 야간 비행 × 앙투안 드 생텍쥐페리 Antoine Marie Roger De Saint Exupery
• 1931년 페미나 문학상 수상 작가

*** 톰 소여의 모험 × 마크 트웨인 Mark Twain
• 1876년 출간 이후 절판된 적이 없는 스테디셀러

*** 포로기 × 오오카 쇼헤이 Shohei Ooka
• 제1회 요코미쓰 리이치상 수상 작가

*** 인공호흡 × 리카르도 피글리아 Ricardo Piglia
• 1997년 플라네타상 수상 작가
• 아르헨티나 작가 선정 '아르헨티나 역사상 가장 위대한 10대 소설'

*** 정글북 × 조지프 러디어드 키플링 Joseph Rudyard Kipling
• 1907년 노벨 문학상 최연소 수상 작가
• 애니메이션, 영화 〈정글북〉 원작

*** 신곡-연옥 × 단테 알리기에리 Alighieri Dante
• 미국 대학위원회 SAT 추천 도서
• 〈뉴스위크〉 선정 '세계 100대 명저'
• 서울대학교 선정 '권장 도서 100선'
• 국립중앙도서관 선정 '고전 100선'

*** 황금 물고기 × J.M.G. 르 클레지오 Jean-Marie-Gustave Le Clezio
• 2008년 노벨 문학상 수상 작가

*** 판탈레온과 특별봉사대 × 마리오 바르가스 요사 Mario Vargas Llosa
• 〈포린 폴리시〉 선정 '가장 영향력 있는 지식인 100인'
• 1994년 세르반테스상 수상 작가

*** 잠자는 숲속의 공주 × 샤를 페로 Charles Perrault
• 애니메이션 〈잠자는 숲속의 공주〉 원작

*** | 나귀 가죽 × 오노레 드 발자크 Honore de Balzac
• 작가의 '철학 연구'의 첫 번째 자리에 배치된 작품

*** | 노예 12년 × 솔로몬 노섭 Solomon Northup
• 영화 〈노예 12년〉 원작

*** | 둔황 × 이노우에 야스시 Yasushi Inoue
• 1960년 제1회 마이니치예술대상 수상작
• 1976년 일본 문화 훈장 수상 작가

*** | 어느 어릿광대의 견해 × 하인리히 뵐 Heinrich Boll
• 1972년 노벨 문학상 수상 작가

*** | 웃는 남자 1~3 × 빅토르 위고 Victor Marie Hugo
• 영화, 뮤지컬 〈웃는 남자〉 원작
• 한국간행물윤리위원회 선정 '청소년 권장 도서'

*** | 휴먼 스테인 × 필립 로스 Philip Roth
• 1997년 퓰리처상 소설 부문 수상 작가

*** | 바보들을 위한 학교 × 사샤 소콜로프 Sasha Sokolov
• 1996년 푸시킨 메달 수상 작가

*** | 톰 아저씨의 오두막 1~2 × 해리엇 비처 스토 Harriet Beecher Stowe
• 미국 최초의 밀리언셀러 소설

*** | 아버지와 아들 × 이반 세르게예비치 뚜르게네프 Ivan Sergeevich Turgenev
• 미국 대학위원회 SAT 추천 도서
• 서울대학교 선정 '동서 고전 200선'
• 우리나라 문인이 가장 선호하는 '세계 문학 100선'

*** | 베니스의 상인 × 윌리엄 셰익스피어 William Shakespeare
• BBC 선정 '지난 1,000년간 최고의 문학가' 1위

*** | 해부학자×페데리코 안다아시 Federico Andahazi
• 16세기에 실존한 해부학자 마테오 콜롬보를 다룬 소설

*** | 긴 이별을 위한 짧은 편지×페터 한트케 Peter Handke
• 1979년 카프카상 수상 작가

*** | 호텔 뒤락×애니타 브루크너 Anita Brookner
• 1984년 부커상 수상 작가 • 1990년 대영제국 커맨더 훈장 수상 작가

*** | 잔해×쥘리앵 그린 Julien Green
• 1970년 아카데미 프랑세즈 문학 대상 수상 작가

*** | 절망×블라디미르 나보코프 Vladimir Nabokov
• 1931년 독일의 살인 사건을 다룬 소설

*** | 더버빌가의 테스×토머스 하디 Thomas Hardy
• 1910년 공로 훈장 수상 작가

*** | 몰락하는 자×토마스 베른하르트 Thomas Bernhard
• 1983년 프레미오 몬델로상 수상 작가

*** | 한밤의 아이들 1~2×살만 루슈디 Salman Rushdie
• 문학사상 최초로 부커상 3회 수상 작품

생각별 세계문학 미니북 클라우드 라이브러리는 계속 출간됩니다.
*** 근간 목록은 발간 순에 따라 변경될 수 있습니다.

옮긴이 및 해설 | 엄인정

국민대학교 국어국문학과를 졸업하고 동 대학원에서 국어교육학을 전공했다. 현재 단행본 편집과 영한 번역 업무를 병행하며 프리랜서로 활동 중이다. 옮긴 책으로는 『데미안』, 『톨스토이 단편선』, 『오만과 편견』, 『카프카 단편선』, 『그리스인 조르바』 등이 있다.

옮긴이 | 이한준

한림대학교에서 언론정보학을 전공했다. 대중과 괴리되지 않는 어휘로 옮기기 위해 노력하고, 부전공으로 공부한 사회학을 토대로 사회적 소수자를 배려하는 번역을 위해 공을 들였다. 옮긴 책으로는 『인형의 집』, 『사양』 등이 있다.

도리언 그레이의 초상 1

1판 1쇄 발행 2019년 2월 15일

지은이 오스카 와일드
옮긴이 엄인정, 이한준
해설 엄인정
펴낸이 생각투성이
편집 안주영
디자인 생각을 머금은 유니콘
마케팅 김사랑

발행처 생각뿔
주소 서울시 서초구 반포동 66-1 코렐빌딩 102호
등록번호 제233-94-00104호
전화 02-536-3295
팩스 02-536-3296
커뮤니티 www.facebook.com/tubook2018(페이스북)
e-mail tubook@naver.com
ISBN 979-11-89503-50-5(04840)
       979-11-964400-8-4(세트)

생각뿔은 '생각(Thinking)'과 '뿔(Unicorn)'의 합성어입니다.
신화 속 유니콘의 신성함과 메마르지 않는 창의성을 추구합니다.